JN084884

異世界に来たのでお兄ちゃんは
働き過ぎな宰相様を癒したいと思います

Characters
ディーンハルト
「氷の宰相様」の異名を持つ、
仕事熱心な性格。
初代国王の生き写しと言われている
リツに対して執着心が非常に強い。
リツ
異世界に転移した、
家事が得意な主人公。
面倒見がよく、とっても優しい性格。
とある理由からディーンハルト専属の
食事係を務めることになって――!?
– m e n u

レオナルド
文武両道な
近衛騎士団の副団長。
シャル
騎士団詰所の製パン職人。
リアン
ディーンハルトの侍従。
賢く魔力も豊富なしっかり者。
シエラ
少しお節介な
オネエ口調の王宮医師長。
ジーク
子ども好きな
近衛騎士団の騎士団長。

目次

異世界に来たのでお兄ちゃんは
働き過ぎな宰相様を癒したいと思います

プロローグ

オーブンからふんわりと甘い香りが漂う。中を覗くと、こんがりきつね色に焼けた生地が膨らんでいる。

ひとり暮らしになってから滅多に作らなくなったマフィン。久しぶりでうまく焼けるか不安だったけど、失敗しなくてよかった。

初めて作ったときは焼きすぎて焦がしてしまったんだっけ。お気に入りの絵本に出てくるマフィンを食べたいと、まだ幼かった双子の妹と弟にせがまれたときのことを思い出す。

材料を準備し、小麦粉や卵を混ぜ合わせたところまでは問題なかった。けれど慣れないオーブンの設定を間違えてしまったらしく、洗い物をしている間に煙が上がっていた。慌ててオーブンを開くと、不恰好に膨らんだ生地が真っ黒になっていたのだ。

とても食べられそうにはない出来上がりに泣きそうになっていると、妹が焦げたマフィンを覗きこんだ。

『黒くてつやつやしてるね。にぃにの髪の毛みたい』

妹はそう言って目を輝かせ、楽しそうに笑った。

『ホントだ〜、まっくろ〜』

弟も妹と顔を見合わせながら、にこにこと続いた。ふたりが楽しそうで何よりだけど、これじゃあ食べられない。苦笑しながら弟妹のふわふわの茶髪をなでる。

『本当だね、真っ黒に焦げちゃった。次はふたりの髪みたいに、ふわふわのマフィンを焼くから待っててね！』

そう宣言してすぐに作り直したんだっけ。懐かしいな。

僕――桜川律（さくらがわりつ）の両親はとても忙しい人だった。

医師をしているふたりは、双子が生まれるまでは日本の病院に勤めていた。母は育休から復帰すると『妹と弟ができたから寂しくないわね』と言い残し、念願だったらしい発展途上国の医療支援へ父とともに向かった。寂しさや心細さがあったけど、人の生命を救う両親はかっこよかったし、子どもながらに尊敬していた。いつか自分もふたりみたいに誰かの役に立てたらとさえ思った。

海外で奮闘する両親に代わり、小学校に上がるころには祖母と一緒に、六歳も年が離れた弟妹をお世話していた。

お腹を空かせて泣く弟妹にミルクを飲ませ、腰の悪かった祖母の代わりにおむつを換える。歩き始めたふたりが迷子にならないように手を取って散歩もした。保育園を嫌がるふたりをなんとか宥（なだ）め送り届けてから学校へ行く毎日。

料理もマフィンだけじゃなく、いろんな食事やお菓子を作った。

僕が高校に入ってすぐに祖母が亡くなってからは、すべての家事が自分の仕事になった。

家と学校を往復し、家事の合間に勉強をこなす日々に疲れることもあったけど、不満に思ったことは一度もない。弟妹が喜んでくれるのがただうれしかったからだ。

僕のそばで無邪気に笑っていたふたりは大きくなり、県外の高校へ進学するため、三年前にこの家を巣立っていった。

弟妹と祖母と僕の四人で囲んでいた食卓で、ぽつんとひとり食事することに未だ慣れない。最初のころはどうしても落ち着かず、仕事帰りにそのまま外で食べることもあった。

食事だけじゃない。家族で過ごした家にひとりでいること自体、虚しくてたまらなかった。生まれてから二十四年も過ごしたこの家に安らぎはなく、感じるのは孤独だけ。

寂しさばかりが募る日々の中、縋るように毎晩開いた弟妹のＳＮＳには笑顔の写真がたくさん並んでいた。学生生活を満喫しているのが伝わってくる。

あまり連絡をくれないのは正直とても寂しいけど、ふたりはそれぞれ自分の居場所を見つけ、成長しているってことだろう。

そんな妹たちが明日、帰省してくると連絡が来て、僕は久しぶりにマフィンを焼いたのだった。

軽やかなメロディが焼き上がりを知らせる。天板にたくさん並んだマフィンはどれもきれいに焼け、ふわっと湯気が上った。味見としてひと口頬張ると、はちみつの素朴な甘さがじんわり広がった。

やっぱり美味しい。買えば簡単に美味しい物が手に入るけど、帰ってきたときくらい妹たちには僕が作ったものを食べてもらいたい。

粗熱（あらねつ）を取るために網台にのせ替えると、大きめの台がマフィンで埋め尽くされる。

多すぎたかな？　妹たちはまだまだ食べ盛りだけど、お菓子ばかり食べさせるわけにはいかない。作りすぎた分は会社へ持っていこうと、ラッピング用品を探す。

収納棚を漁ると、いつかのバレンタインに妹が大量に買ってきたものが出てきた。

普段はお菓子どころか料理すらしないのに、フォンダンショコラを作ると言って聞かず巻きこまれてしまった。結局、工程の多さに嫌気が差した妹は途中で投げ出し、僕がほとんど作ることになったんだった。

そんな懐かしいことを思い出している間に、マフィンから湯気が消えていた。

そろそろ冷めたかな……？

そっと手に取ると程よく冷めている。粗熱（あらねつ）のとれたマフィンをひとつひとつセロファンに包み、大きな紙袋にまとめた。明日忘れないように玄関に置いておこうと、袋を抱え立ち上がった瞬間。

「……あ、あれ？」

目の前が真っ白になった。立ちくらみを起こしたみたいに地面が揺れ、立っていることができない。

倒れる！　と身構えたとき、突然床が消えた。直後に襲ってきた浮遊感に気が遠くなる。

夢か現実かわからない真っ白な世界の中、知らない女性の声がした。

「ごめんね……。あの子をよろしく……あの子を助けて……」

途切れ途切れに聞こえる声は慈愛に満ちていて、あの子と呼ばれる誰かの幸福を一心に願っている。

不思議と怖い気持ちはない。僕があの子を助けられるなら、その願いに応えたいとすら思う。

――任せてください……

そう心の中でつぶやくと、声の主が笑った気がした。

「ありがとう、あなたも幸せになって……」

「――い、――ぅか、しっ――」

ぼんやりと霞む意識の中、かすかに聴こえる誰かの声。聞き覚えはないのに、心地よく耳に馴染む。

「しっかりしろ」

今度ははっきりと聞き取れた。頬を優しくなでられ、僕はゆっくりと目を開ける。

「え……？」

頬に添えられた手の主は、見知らぬ男性だった。その恐ろしいほど完璧に整った顔に見覚えはない。肩に垂らされた長い銀髪を辿りながら、いまだ微睡む頭で考える。

――この人は誰だろう……？

銀糸の奥に煌めく蒼い瞳と視線が交わった瞬間、心臓が音を立てる。速くなる鼓動とは対照的に、身体は魔法をかけられたみたいに動かず、呼吸すらままならない。

それなのに恐怖も嫌悪も感じない。ただこうしてこのまま見つめ合っていたい。目を奪われたまま逸らすことができずにじっと見つめていると、薄い口唇が開いた。

「気がついたのか」

低く落ち着いた声に緊張が解ける。僕が目を覚ましたことを安堵するように男性が息を吐いたが、蒼色の瞳はまだ心配そうに揺れていた。

「大丈夫か」

「はい……。あの、あなたは誰、ですか」

「私はディーンハルト・シュタイナーだ」

「……ディーンハルト、シュタイナーさん？」

長い名前を確認するように繰り返すと、彼はゆっくりとうなずく。

「そうだ。ディーンと呼んでくれ。君の名前は？」

「ディーン、さん。……僕は、リツ・サクラガワです」

ディーンさんに合わせて名前を先に名乗ると、驚いたようにわずかに目を見開いたが、すぐに表情を戻した。

「リツ、サキュ……サキュラ……」

ディーンさんも復唱しようとしたが、桜川は発音しにくいらしく舌ったらずになった。子どもが新しい言葉を覚えたときみたいで微笑ましく思いながら、リツと呼んでほしいと伝える。

「リツ……リツか、いい響きだな。よく似合っている」

「ありがとう、ございます」

こんなふうに名前を褒められるなんて初めてで照れくさい。くすぐったくなり曖昧に微笑むと、ディーンさんも目を細めて笑い返してくれた。その笑顔に心がふわりと温かくなる。理知的で一見冷たそうな印象だが、こちらを慮(おもんぱか)る瞳からは思いやりが感じられた。

「それでリツ、身体は大丈夫か？」

改めて問われ、自分の身体を確認しようと下を向いて気づいた。

「……あ」

ディーンさんに抱きしめられるように支えられていることに。しっかりとした腕が背中に回り、僕を抱きかかえてくれている。

起きあがろうと慌てて身を起こすと、さらに顔が近づきディーンさんの目の下に濃いクマを見つけた。疲れているのか顔色もよくない。

ディーンさんは僕を心配してくれるけど、彼のほうが具合が悪そうだ。

「あの、大丈夫ですか？」

そっと両手を伸ばし労わるように頬を包むと、ディーンさんの目が見開かれた。

「すみません、つい……」

体調の悪い弟妹にするのと同じようにしてしまった。すぐに手を引っこめようとするが、大きな手のひらが重なり、そのまま優しく握られる。

「……ディーンさん？」

「私の心配より自分の心配をしてくれ。どこか痛いところはないか。受け止めはしたが、かなりの高さから落ちてきたからな」

落ちてきたと言われ、なんとなく上を見ると。

ディーンさんの背後に広がっているのは、青い空と白い雲。かなりの高さからって、僕が空から降ってきてディーンさんが受け止めてくれたってことだろうか？

非現実的な話で、夢だとしか思えない。

——でも、もし夢じゃなかったら？　自分の家にいたはずなのに。ここは一体……

第一章　世界を超えたハニー・マフィン

呆然としながら見渡すと、白壁の近くに色とりどりの花が咲く生垣が見えた。

薔薇(ばら)みたいな花は美しいけど、何かおかしい。紅、白、薄いピンクはわかるけど、水色と鮮やかな緑は初めて見る。薔薇(ばら)ってあんなにカラフルに咲くのかな。

そして花の間をひらひらと舞う蝶々(ちょうちょう)もガラス細工のように透けていて、陽の光を乱反射させている。とてもきれいだけど、こんな蝶々(ちょうちょう)も見たことない。漠然とした不安が胸に湧く。

「あの、ここはどこですか……？」

僕は意を決して問う。

「ここは王宮だ」

「王宮？」

日常とはかけ離れた単語に呆然とする。

「あぁ、グラッツェリア王国の王宮にある中庭だが」

「グ、グラッツェ、リア……？　王宮……？　中庭……？」

降ってくる単語をただ復唱した。

グラッツェリアってどこの国だろう。ヨーロッパにありそうな響きだけど、まったく聞いたことがない。ただ僕が知らないだけってこともあるけど。

「本当に大丈夫か？　頭が痛かったり気分が悪かったりしないか」

「はい……」

どこも痛くはない。ただ頭が混乱して整理がつかない。

もしかして夢でも見てるのかな？　いつの間にか眠ってしまったのかもしれない。

弟妹の帰省に合わせて有給休暇をもらおうと仕事をつめていたから、疲れが溜まっていたのかも。

でも夢にしては、ディーンさんの存在はあまりにもリアルだ。優しく僕を見つめる瞳も温かな腕もとても夢だとは思えない。

状況を把握しようと改めてディーンさんの姿を見ると、ファンタジー映画の魔法使いが着ているような漆黒のローブをまとっている。その表面はキラキラと淡く発光しているみたいだ。

きれいだなと逃避にも似た気持ちでそれを眺めていると、目の前で大きな手がひらひらと動く。

「リツ？」

心配そうな顔で覗きこまれた。

「えっと、その本当に、身体はなんともないんです。ただ……混乱して……」

夢なのか現実なのかわからない、と言おうとしてやめた。

たとえここが本当に夢の中だとしても、こんなに僕を心配してくれる人に「あなたは本当に実在しているんですか？」なんて失礼なこと聞けない。

でも何を言えば、何を問えばいいんだろう？

聡明な蒼い瞳の前に言葉が見つからず、何か言わないと、と口を開きかけたとき。

「え、あの、ちょっと」

ディーンさんが僕を横向きにふわりと抱き直し、そのまま立ち上がる。急に体勢が変わり慌てる僕にかまわず、彼は歩き出した。

どこに連れていかれるんだろう……このまま一緒に行っていいのか、逃げたほうがいいのか。ただどこへ逃げていいのかわからない。

「降ろして、ください」

ディーンさんのことを疑うわけじゃないけれど、ひとまず腕から逃げ出そうともがいてみる。しかし、余計に拘束が強まった。

「大人しくしてくれ。医務室へ行くだけだ」

「自分で歩けますから」

「だめだ。怖いなら掴まっていればいい」

「いや、あの……そうじゃなくて――」

「大丈夫だ。絶対に落とさない」

間近に迫る揺るぎない眼差しに根負けし、視線を伏せる。

「わかり、ました。お世話になります」

「あぁ。安心してくれ」

力強くうなずいたディーンさんは、何かに気づいたようにハッとする。

「そこの者、落ちている茶色の袋を持ってついてきなさい」

そして、バタバタと近寄ってきた誰かに振り返ることなく指示を出した。

「は、はい」

「大切なものだ。丁重に扱うように」

「承知しました」

そう返事が終わるより早くディーンさんは歩き出す。落ちている袋が少しだけ気になって見ようとしたが、抱きこまれ制されてしまった。

見てはいけなかったのかな？

自分を抱えて歩くディーンさんを見上げたが、困ったように微笑むだけで答えは返ってこなかった。


連れてこられたのは、机と簡易ベッドが置かれた診察室のような部屋だった。

草木や柑橘（かんきつ）の爽やかな香りが漂っていて、壁に添うように置かれた高い棚には、乾燥した草花やカラフルな液体が入った瓶がきれいに並べられている。

きょろきょろと室内を見渡していると、クスリと笑う声が聞こえた。

「興味を引くものがあったか？」

「い、いえ……すみません、子どもみたいに」

「謝らなくていい。ここには珍しいものが置いてあるからな、私もつい目移りしてしまう」

言葉に添えられた優しい微笑みに僕は頬を緩めた。

「本当ですね、どれもきれいです」

「もっと近くで見るか？」

「いえ、大丈夫です。それより、あのそろそろ……降ろしてもらえますか」

ディーンさんにお願いすると、ベッドの上にそっと降ろされた。

恥ずかしさは解消されたけど、離れていく体温が少しだけ名残惜しい。身体を震わせると、彼は身にまとっていたローブを脱いで肩にかけてくれた。ローブに残る温かさに力が抜けていく。

「ありがとうございます」

「いや、気にするな。ちょうど医師が出掛けているみたいだな。じきに戻ってくるだろう」

ディーンさんは思案するように無人の室内を見渡しながらつぶやく。

そのとき、入口のほうから音がした。見ると見覚えのある紙袋を抱えた人が頭を下げた状態で控えている。ずっと待機していたらしい。

受け取ろうとベッドを降りかけるが、ディーンさんに制された。

「これはリツのものか」

代わりに受け取った彼から手渡されたのは、会社へ持っていこうとマフィンをつめた紙袋。袋の端っこが潰れているのは、僕と一緒に〝落ちた〟からだろう。

「そうです。これは僕が作ったお菓子です。もしよかったら食べてみますか？　美味しいかどうかわかりませんが」

紙袋からひとつ差し出すと、ディーンさんはセロファン越しにさまざまな角度からマフィンを観察し始めた。

そんなに珍しいものだったのかな。ただの焼き菓子なんだけど。それとも、美味しくなさそうに見えるのかもしれない。無理に食べてもらうのも申し訳なく、回収しようとしたとき。

ディーンさんは納得したように深くうなずき、空いている手をマフィンの上にかざした。何をしているんだろう。手から光が出ているように見えたのは気のせいだろうか。

「甘い香りだな」

いつの間にかセロファンを外したディーンさんは香りに言及すると、そのままパクリと食んだ。味を確かめるように閉じられた瞳がもどかしい。

妹たちが家を出てから、作ったものを誰かに食べてもらうのは久しぶりだ。味見はしたものの、ディーンさんにとって美味しいかどうかはわからない。審判を待つ気持ちで僕は尋ねる。

「……どう、ですか」

「うまい……甘すぎないほんのりと優しい味だな。柔らかくしっとりとした食感もいい。リツ、こんなにうまい菓子を食べたのは初めてだ」

ディーンさんの綻んだ顔と賛辞に緊張が解ける。

「よかった……でも、大袈裟ですよ」

過分な褒め言葉に苦笑してしまったけど、誰かに美味しいと食べてもらうのは、やっぱりすごくうれしい。久しぶりに味わう気持ちだった。

「いや、事実を述べただけだ。――リツはかわいいだけじゃなくて、菓子作りもうまいんだな。料理も作るのか？」

「はい、料理もお菓子作りと同じくらい好きです」

――あれ？　今、かわいいって言われた？

聞き間違いかもしれないと曖昧に笑うと、力強い腕に抱き寄せられる。はちみつ入りマフィンの甘い香りが近づく。

「それはいい。……リツ、私のものにならないか？」

はちみつより甘く囁かれる声に、抱かれた腰がぞくりと震える。

――ディーンさんのものって……どういう意味だろう？

どう返していいかわからず俯きながら腕の中で固まっていると、頬をなでられ上を向かされる。恐る恐る視線を上げると、すぐ近くにディーンさんの顔があった。

「リツ」

口唇が触れてしまいそうな距離で名前を呼ばれた。応えた拍子にキスしてしまいそうで返事することもできない。

――コンコン。

「ちょっと。なぁに、他人の部屋で若い子口説いてんのよ～」

空気を壊すように乾いたノック音が響き、割って入った声にディーンさんの眉間に皺が寄る。

入り口に立ちこちらを――ディーンさんを――睨みつけていたのはとてもきれいな人だった。

白衣に垂らした金髪をふわりと緩くみつ編みにしているのがよく似合っている。そして妙に身長が高く、僕より頭ひとつ高いディーンさんよりもさらに高そうだ。

美人なその人は靴をツカツカと鳴らして歩み寄り、僕からディーンさんを細腕であっさりと引き離した。華奢な見た目よりも力持ちらしい。

「ここは連れこみ宿じゃないのよ、まったく。騎士団長さえ震え上がる〝氷の宰相様〟が何やってるのよ。ホントにみっともない」

キッと睨みつける顔は間近で見ても隙がない。宰相様というのはディーンさんのことだろうか。

「ねぇ、あなた。見ない顔だけど大丈夫？　お姉さんが来たからもう安心よ？　怖かったでしょう？」

そう言って抱き寄せられ、頭をヨシヨシされる。きれいなお姉さんになでられるなんて光栄なことかもしれないけど、恥ずかしいので遠慮したい。

しかし意図のよくわからないディーンさんから救い出してくれたのは事実だし、何よりにっこりと微笑むその瞳の強さに何も言い出せなかった。

されるがままになっていると、ディーンさんにうしろから引っ張られ抱きしめられる。

「おい、いい加減に離せ。大体誰がお姉さんだ。お前は男だろう」

え、男の人？　そう言われてよく見ると、男性に見えなくもない。いわゆるオネェさんだろうか。

「そんなことはどうでもいいわ。それより私の仕事場でイヤらしいこと、しないでくれるかしら？」

「何を言っている。そんなことなどしていない」

いやらしいことなんてしてないし、されてないですと首を横に振るが、きれいなオネェさんは信じられないとばかりにディーンさんをジト目で見遣った。

「しようとは、してたでしょ」

「誤解だ」

「怪しぃわ」

即答するディーンさんに返しながらも、それ以上の答えは得られないと思ったのか、心配そうな顔で僕を覗きこんだ。

「ねぇ、本当に大丈夫？」

「大丈夫です。話をしていただけで。本当に何もされてないです」

「それならいいんだけど。ええっと、私はシエラ・ジェラルダよ。私のことはシエラって呼んでね。あなたお名前は？」

「僕はリツと言います。リツ・サクラガワです。シエラさん、あの……今更ですが、すみません。勝手に入ってしまって」

「リッちゃんね。気にしないで、どうせこの男に連れこまれたんでしょう。これから仲よくしましょうね」

言葉とともに差し出されたシエラさんの手は、背後から伸びたディーンさんの手に弾かれた。そしてその手はそのまま僕の頭をなでる。どうしてふたりとも頭をなでるんだろう。子どもだと思われてるのかな。

「……仲よくしなくていい」

低い声でディーンさんが凄んだが、シエラさんは呆れたように肩を竦めてみせた。

「心の狭い男ってヤダわぁ。で、どうしてリッちゃんとお忙しい宰相様はここにいるのかしら？　まさか、本当に逢引きなんてことはないわよね」

「当たり前だ。ふざけてないでリツを診てやってくれ。受け止めはしたが、高いところから落ちてきたから、どこか怪我をしているかもしれない」

そう言いながらディーンさんは立ち上がり、僕をシエラさんに委ねた。

「ちょっと、それを早く言いなさいよ。リッちゃん、早速だけど診せてもらっていいかしら？」

「はい、お願いします」

言い終わる前に青い光の輪が目の前に現れ、僕の身体を通り抜けた。

「マジック⁉　シエラさん、この光の輪はなんですか⁉」

驚く僕に、シエラさんはいたずらが成功したみたいに笑って説明してくれた。

「びっくりした？　この輪を通して、リッちゃんの身体に病気や怪我がないか調べてるの。怪我してたら、この青い光が赤やオレンジに変わるからすぐにわかるのよぉ。うん、ひと通り見たけど、大丈夫ね！」

ＭＲＩ的なものだろうか。病院にはほとんどかかったことがないからよく知らなかったけど、最近の医療ってここまで進んでるのか。これで健康診断とかしたら、すぐに終わって便利だろうな。

「まるで魔法みたいですね」

「リッちゃん？　魔法みたいって！」

シエラさんは目を見開いた。

「あ、その、子どもみたいな感想ですみません」

「……リツ、これはシエラの魔法だ」

「え？　魔法なんてあるわけないじゃないですか。あ、それともやっぱりこれは夢なんですか？」

そう尋ねると、ディーンさんとシエラさんが顔を見合わせた。そして。

「リツ、これは夢ではない。現実だ」

ディーンさんに目を見てきっぱりと言い切られ、僕は息を飲む。隣に立つシエラさんも困ったように見つめている。

「ディーンハルト様、これはどういうことかしら。私にはリッちゃんが嘘を言っているようには思えないんだけど。それによく考えるとリッちゃんの色彩って……」

シエラさんは眉をひそめ、言葉を濁した。

「リツ、中庭に来たときのことを覚えているか？　どうやってあそこへ来たのか」

「それは、えっと、さっきも話しましたけど、何もわからなくて……」

震える手を押さえるようにきつく握ると、爪が手のひらに食いこんで痛みが走る。夢ならきっと痛みはしない。目を逸らしてきた疑問が急に頭の中をぐるぐると回り出し、心臓がドクドクと嫌な音を立てる。

自宅で明日帰ってくる妹たちにマフィンを焼いていたはずなのに、どうして聞いたこともないような国の王宮にいるのか？

気を失っている間に誰かに連れてこられたのか？

そもそもグラッツェリア王国とはどこなのか？

英語もろくに話せないのに、どうしてふたりと会話できている？

答えを求めてディーンさんを見ると、彼は僕以上につらそうな顔でこちらを見ていた。

「私が知っているのは、リツが空から落ちてきているところからだ。上空に不思議な魔力を感じて見上げると、リツがふわりと浮かぶようにゆっくりと落ちてきていた。駆け寄ると、急に落ちる速度が上がり慌てて受け止めたんだ」

物理法則を無視した不思議な話。空から人がゆっくりと落ちてくるなんて……

でも、もしここが本当に〝異世界〟なんだとしたら――

妹がよく読んでいたライトノベルにそんな物語があると話していた。事故で亡くなって異世界へ転生したり、聖女として召喚されたり。どの主人公も異世界で活躍したり、楽しみを見つけたり、新しい人生を満喫しているんだと熱く語っていた。そして、僕に聞いてきた。

『もし異世界に行ったら、お兄ちゃんなら何がしたい？』

そのときになんて返事したのかは覚えてないけど、そんなこと起こるわけないって思いこんでた。

それなのに、まさか自分の身に起こるなんて。

「リツはどこまで覚えているんだ？　自宅にいたと言ったな」

ディーンさんの問いかけに喉がひりつく。

「……はい。僕は日本という国に住んでいて、ここに来るまでは家にいました。そこでマフィン、さっきディーンさんが食べたお菓子を焼いていたんです。それを袋につめて明日、会社に……仕事場に持っていこうと玄関に持っていったところで意識を失ってしまって。あの中庭で目を覚ましたみたいです」

「ニホン……聞いたことがないな」

やっぱりここは異世界なのかな。意識すると、もうそうとしか思えなくなった。

「日本、いえ、日本だけじゃなく僕がいた世界に魔法はありませんでした。魔法はファンタジー、作り話で実際にはないんです」

「魔法がない……だが、マフィンだったか。菓子を作っていたのだろう？　魔法がないのに作れるものなのか。いや、菓子作りに限らず、そもそも生活ができるのか」

ディーンさんはそう言って、想像できないと眉間に皺を寄せた。隣で黙って聞いていたシエラさんも困ったような笑みを浮かべ首を横に振る。

そんなふたりに向かって、魔法の代わりに科学技術が生活を支えていること、その技術を使って料理をしたり仕事したりしていることを伝えた。日本での生活を淡々と説明していたつもりだったのに話せば話すほど、ディーンさんが驚けば驚くほど、これまでの日常が遠くに感じられる。

僕は本当に来てしまったんだ、たったひとりで異世界へ……

異世界に来た実感が湧いてくる。

「教えてくれてありがとう、リツ。続きはまたにしよう」

いつの間にかディーンさんに抱きしめられていた。そっと頭をなでられ、ディーンさんの肩口に顔を押しつける。

「ディーンさん……」

知らないうちに泣いていたみたいで、ディーンさんのローブを濡らしてしまった。

「ディーンさん、僕は日本へ、元の世界へ帰れるでしょうか。魔法で戻してもらえますか」

「残念だが……力になれずすまない」

そんな……一縷（いちる）の望みも虚しく絶たれ、言葉の代わりに涙が溢れ出す。

「大丈夫だ、リツ。私がいる」

ディーンさんの声が優しく胸に落ちる。

出会ったばかりの彼に頼るのに抵抗がないわけじゃない。でもその言葉はとても心強く、不安に沈む僕をすくい上げてくれる。

甘やかされるままに泣き続けた僕は、そのままディーンさんの腕の中で眠りに落ちていた。

第二章　異世界の食事と魔法のパン

目を覚ますと再びディーンさんの腕の中……ということはなく、大きめのカウチソファに寝かされていた。掛け布団代わりにローブがかけられていたけど、これはきっとディーンさんのものだろう。

無意識ににおいを嗅ぐと、優しい香りがした。香水をつけているのかな。心が落ち着き、起きたばかりなのにまた目蓋がとろんと落ちてくる。

「……コホン」

小さく響いた咳払いにハッと顔を上げると、カウチのうしろにディーンさんが立っていた。気のせいかもしれないけど、その頬が少し赤いように見える。

「す、すみません。僕、寝ちゃったんですね」

慌てて身体を起こすと、空いたスペースにディーンさんが座った。

「顔色がよくなったな。気分はどうだ？」

「もう大丈夫です。これ、ありがとうございました」

ローブを軽く畳んで手渡すと、ディーンさんはそのまま肘置きにかける。

「何か食べられそうか？」

「ありがとうございます。何から何まですみません」

マフィンを味見してから何も食べていないお腹は空腹を訴えている。頭を下げると、ディーンさんはポンポンと僕の頭を触り、そのまま髪をかき混ぜるようになでた。

「かまわない。すぐに準備させよう。……だが、期待はしないでくれ。おそらくリツの口には合わないだろう」

ため息とともに、ディーンさんの手が止まる。

「え？　たしかに僕は庶民なので、王宮の料理は合わないかもしれませんが」

「そうではない。あのマフィンを食べて感じたが、リツの世界の料理はうまいんじゃないか」

「……どういうことでしょうか」

「大袈裟だと言ったが、本当に私はリツの作ったあのマフィン以上にうまいものを知らない。というより、料理でも菓子でもあんなにうまいと感じたことはない。ここの料理もおいしくないわけではないが」

「はぁ……」

人それぞれ好みはあるし、僕の作るものも元の世界にあるものも全部がおいしいわけじゃない。

そもそも地域によって――この場合は世界によってかな――食文化に違いがあるのはわかる。気候が違えば入手できる食材や調味料が違うし、科学技術がないから家電製品はないみたいなので調理方法も違うんだろう。

けれどその場所その場所で文化は発展するものだ。

それにここは王宮。たとえ王族じゃなくても、ディーンさんは宰相で立場のある人みたいなのでそれなりの食事をとっているはず。ディーンさんの言おうとしていることがよくわからない。うーんと考えている間に、彼はメイドさんに食事の準備を頼んでいた。

机に並べられたのは、ふたり分のパンとクリームシチューとサラダ。

おいしそうに見える。強いて言えば、パンが見慣れているものより色が濃く固そうなくらいだ。

「とりあえず、少しだけ食べてみてくれ」

「いただきます」

まずはクリームシチューをひと口。

「……？　えっと……ん？　味がしない？」

次にパンをかじってみた。

「ッ！　な、何これ……しょっぱい……」

それも半端なしょっぱさじゃない。塩の塊を口に突っ込んだような味がする。

「リツ!?　すぐに吐き出すんだ」

ディーンさんはそう言ってくれるけど、せっかく用意してもらった食べ物を吐き出すのは申し訳なく首を振る。飲みこもうと頑張ってみるが、許容量を超えた塩分に舌がピリピリと痛み出し、なかなか喉を通らない。

ゆっくりと時間をかけながら飲みこむと、ディーンさんが水を渡してくれる。ひんやりとした水で口を潤し、塩分を流すとやっと人心地ついた。

「ディーンさん、どうしてこのパンはこんなにしょっぱいんですか？　シチューは全然味がしないのに」

「シチューに味がないのは、パンを浸して食べるのが前提なんだ。パンの味ありきで作られたと聞いている。そしてパンは、製パン魔法を使える者が作っているんだが、必ずこの味になるんだ。最初に食べ方を伝えておけばよかったな。すまない」

「いえ、初めて食べるのに僕も不注意でした。それよりせいパン……製パン？　製パン魔法ってなんですか」

「その名の通り、パンを作製する魔法だ。材料を揃えて、魔法をかけるとパンになるらしい。実際に魔法をかけてるところを見たことはないが」

材料を準備して魔法をかけるだけで、一瞬でパンになるってこと？　発酵も成形も不要ってこと？

パンを一から作るとなると、手間暇かけてやっと出来上がるのに、魔法って本当にすごい。魅力的すぎる。

だけど、完成するのがこれじゃあまともに食べられない。どのくらいの塩が使われているかわからないけど、あきらかに身体にはよくないだろう。

「塩を少なくすれば、もっと食べやすくなるんじゃないですか？」

「いや、レシピがとても細かく決まっているらしく、少しでも分量を変えるとパンは作れないらしい」

「うーん、なるほど……魔法って難しいんですね。ならいっそのこと、材料はあるんだから普通にパンを焼けばいいんじゃないですか？」

首を傾げながらディーンさんを見ると、驚いたような表情を浮かべている。

「パンを焼く？　焼くというのは、火魔法を使うということか？」

「え？」

「うん？」

「……」

「……」

しばらく無言で見つめ合ってしまった。

「パンを焼く」

「はい」

何か大きくすれ違っている。言葉は通じているのに、うまく意図が伝わらない。それはディーンさんも感じているのか、顎に手を当てながら考えこんでいた。

「リツは……魔法を使わずに料理をすると言ったな」

確認するように問いかけられ、こくりとうなずく。

「魔法のない世界でしたので。ここでは魔法を使って料理をするのが普通なんですか？」

「そうだ。調理魔法という魔法で作る、らしい」

「らしい？　ディーンさんは調理魔法を使えないということですか？」

「いや、調理魔法は簡単な生活魔法の範囲だから私でも使えるが、立場上使ったことはないな。私は公爵家の者なんだが、基本的に貴族は製パン魔法を使える人を雇い、使用人が調理魔法で食事を準備している。製菓魔法など特殊な魔法を扱える人を雇う家もあるが」

貴族の生活は漫画のイメージでしかないけど調理とは無縁なんだろう。

「そう、だったんですね……。じゃあ貴族以外の方は、どうしているのでしょうか」

「平民や下級貴族の一部は製パン魔法を使える者からパンを買い、ほかの者は自分たちで調理魔法を使っている」

パン屋さんは存在するのか。それよりも貴族だけではなく平民も魔法で料理するということは、まさか。

「魔法を使わずに料理をする人はいない、ということですか」

「そうだ」

「食材を切ったり、焼いたり、煮たり、茹でたりしないってことですか？」

どうしても信じられず、ディーンさんに細かく尋ねる。

「すまない、切ったり焼いたりはわかるが、煮たり茹でたりとはどういうことを指すんだ？」

「……今、ここが異世界なんだって一番実感しました」

一瞬、目眩がした。とんでもない世界に来てしまった……

世界の常識が違いすぎる。魔法がある世界だと聞いたときより衝撃は大きいかもしれない。魔法は漫画や映画で見たことがあるからなんとなく想像はできる。でも、料理をしない世界は無理だ。

そんな世界に来てしまったわけだけど、まったくイメージがわかない。これからここでどうやって生活していけばいいんだろう。

目を閉じたまま頭を抱えていると、ディーンさんがそばに寄ってきてくれた。

「リツ、無理に食べなくていい。気分が悪いなら、もう休むか？」

「いえ、大丈夫です。最後までいただいただきます」

魔法で作るとはいえ、これを用意してくれた人がいることに変わりはない。それに食べ物を粗末にするのは気が引けた。ちゃんと現実を受け止めようと、しょっぱいパンを食べながら決意する。

元の世界に戻る方法や仕事のこと、妹たちのこと。考えないといけないことはたくさんある。

今ごろ妹たちはどうしているだろう。家に僕がいないことにもう気づいたかな。

ふたりの好きなものをたくさん並べて、久しぶりに食卓を囲もうと思っていた。離れている間のことを聞いたり、卒業後のことを話そうと楽しみにしていたのに。

ふたりに会うためになんとしてでも帰らないと。

でも、異世界から無事に帰るにはどうすればいいのかなんてわからない。

いや、だからこそ、まずこの世界で生き延びなければ。生きるためには食事が不可欠。長年、自分好みの味付けで食事を作ってきたから、この世界の食事にいつまでも耐えられないだろう。

当面の目標は食事改善だ。

向かいで同じものを食べていたディーンさんに見守られながら、ふやけるほどパンをシチューに浸し、素材の味を活かしたサラダを箸休めに食べ、なんとか完食する。

食事を終えると、風呂を勧められた。ちょうどさっぱりしたかったので、ありがたい提案だったが、こっちの世界にはマフィンの入った紙袋しか持ってきていなかったから着替えがない。それをディーンさんに相談すると。

「着替えは用意してあるから大丈夫だ。その格好もリツによく似合っているが、こちらでは少々目立つからな」

シャツにデニムパンツではさすがにこの王宮に馴染まないかと、ディーンさんと自身の服装を見比べる。

「助かりますけど……ディーンさんのはちょっと大きいかもしれません」

ちょっとどころではないだろう。絶対にディーンさんのサイズは大きい。まず身長が違うし、同じものを食べてるのに『お兄ちゃん細すぎ！　うらやましい！』と妹に嘆かれるほど貧弱な僕では身幅も合わない。

「大丈夫だ。リツの身体に合うものがある。侍従のものになるが、今日のところはそれを着てほしい」

「十分です。ありがとうございます」

「では、浴室に案内しよう。着替えはその間に準備させる」

案内されたのは、ドアで隔てられたすぐ隣の部屋だった。

仮眠室らしい。自宅で使っていた八畳の自分の部屋よりずっと広い空間に、ダブルサイズのベッドとソファセット、クローゼット。さらに、たくさんの本が納められた棚が置かれている。仮眠室というには生活感に溢れた部屋だ。

「ここってもしかして」

「あぁ。私の部屋のようなものだ。家は別にあるが、ほとんどここで寝起きしている」

それは仕事が忙しくて家に帰ることができないってことかな。だから顔色も悪いし、クマもひどいのかもしれない。

「お仕事、大変なんですね」

隣に立つディーンさんの顔を見上げると、返事の代わりに苦笑が返ってきた。図星ってことか。

今は自分のことに精一杯で人の心配をする余裕はないはずなのに、ディーンさんのことはとても気になる。彼が優しく気遣ってくれるから、僕も少しでも返したい。何かディーンさんの役に立てることがあるかな？

仮眠室の奥にバスルームへ続く扉があった。隣接する扉はトイレらしい。魔石を利用しているそうで、水を流すのに魔法は必要ないようだと安心していたら。

「……」

広めの浴室内には、バスタブと石鹸類しかなかった。蛇口とシャワーヘッドがどこにも設置されていない。

「ディーンさん、あの、お湯ってどこから……？」

首を傾げると、ディーンさんはハッと気づいたように目を見開き、ばつが悪そうに咳払いをした。

「魔法だな」

「やっぱり……」

この世界に魔法は必須。トイレだけでも回避できてよかったと思うしかない。

「今後のことは考えるが、今は私も一緒に入ろう。一度発動すれば一定時間お湯を出し続けることはその場にいなくても可能だ。だが、自分の真上でなければ魔法がかけられないんだ」

それなら魔法を使った瞬間、シャワーでずぶ濡れになるのか。シャワーは基本的にひとりで浴びるから、問題はないんだと思うけど。この世界の魔法は製パン魔法以外も融通が利かないらしい。

「一緒に入ってかまわないだろうか？」

「もちろんです。僕は慣れてますし、大丈夫で——」

「なんだと⁉」

言い終わる前に、ディーンさんに肩を掴まれ大声で遮られる。

「ええ？　な、なんですか？」

怒ってる？　いや、ディーンさんは困っているようにも見える。眉間にぐっと力を入れた強い視線に射抜かれ戸惑うが、肩を掴まれているので身動きできない。何か変なことを言っただろうか。

「慣れているとはどういう意味だ？　人と、男と風呂へ入り慣れているということか⁉」

「男？　そうですね、弟とも入ってましたし、よく近所の銭湯とか温泉行ったりしてました……」

もしかしてこの世界ってそういうのないのかな？　文化の違いがここにもあったのか。ひとりで入るのが当たり前なら驚いても不思議じゃない。

そう考えていると、ディーンさんは戸惑った顔で肩を解放する。

「銭湯や温泉というのは、公衆浴場のことか？　他国にはあると聞くが、この国にはないな。ここでは……いや、いい。つまり公衆浴場で慣れているということか」

「そうですよ？」

「わかった。……大丈夫だ」

何が大丈夫なのかさっぱりわからないけど、ディーンさんの中では一応解決したらしい。気になるけど、大丈夫だと言うばかりでそれ以上何も教えてくれない。

話題を逸らすように、浴室に入るよう急かされてしまう。ディーンさんは素早く衣服を脱ぐと、足早に先に浴室へ入っていった。そんなに追及されたくない話だったのか。

無理やり聞き出すつもりもないので大人しく服を脱ぎ、腰にタオルを巻いた格好で浴室に入る。ディーンさんが魔法でミストを出してくれたらしく、部屋はじんわりと温かい。霧に包まれたようで視界は悪いが、貧弱な身体を晒すのは恥ずかしいので助かる。

「寒くはないか？」

「大丈夫です」

「シャワーを出す。熱かったらすぐに言いなさい」

うなずきながら天井を見上げると、シャワーヘッドも何もない空間からお湯が噴き出てきた。これはちょっと楽しいかもしれない。

目を閉じて不思議な湯を堪能していると、笑いを堪えたような声で話しかけられた。

「気持ちよさそうなところ悪いが、石鹸の使い方はわかるか？」

「はい。あ、よかったら頭を洗いましょうか？　僕、結構うまいんですよ」

食事もベッドもシャワーも何もかもしてもらうばかりだったので、お礼ができればとディーンさんに提案する。

「それは、そのさっき話していた公衆浴場で、誰かにしていたということか？」

「そうですね、銭湯とかでも弟の頭よく洗ってました」

毎晩、弟を風呂に入れていたので、人の頭を洗うのには慣れている。

「シャワーのお礼にどうですか？」

「では、頼む」

バスルーム用の椅子に腰掛けてもらい、僕はうしろに回った。近づいてわかったけど、やっぱりディーンさんは鍛えてるみたいで、無駄なく筋肉がついた理想的な身体をしている。うらやましい……

体格差にちょっと拗ねた気持ちになりながら石鹸を手に取り、モコモコに泡立てる。濡れたディーンさんの銀髪にそれをのせ、地肌を指の腹で優しくマッサージしながら洗っていく。すると、彼から唸るような声が漏れた。

「痛かったですか？」

「いや、逆だ。こんなに気持ちいいとは思わなかった……」

ほうっと息をつくディーンさんの肩から力が抜けていく。

「気に入ってもらえました？」

入ってよかった。

「とても。毎晩頼みたいぐらいだ」

「いいですよ〜。喜んでもらえたなら何よりです」

ちっぽけなことだけれど、お世話になりっぱなしのディーンさんに恩返しできて少しだけ安心した。魔法が使えなくても、役に立てることがある。それがわかっただけでディーンさんと一緒に入ってよかった。

入念に頭を洗ったあと、魔法を使って出してもらったお湯で泡を洗い流す。

「このまま身体も洗いましょうか？」

そう問いかけると、ディーンさんの肩がピクリと跳ね喉が鳴った。振り返ってこちらを見つめる彼の銀糸から雫が流れ落ちる。吸いこまれそうな蒼い流し目が艶やかで、ぞくりと背が震えた。さっきまでのリラックスした表情から一変し、妖艶な雰囲気に圧倒され逃げ腰になる。何かまずいことを言っただろうか？

「それはこの手で私の全身に触れる、ということか？」

ディーンさんはそう言いながら、僕の手を取る。

「……っ！」

ボディタオルかそれに代わるものを使うつもりだったと言いたいのに、ディーンさんに見つめられてうまく口が動かない。いくら男同士でも、素手で裸体を洗うなんて恥ずかしすぎる。

取られた手を引かれ顔がぐっと近づいた。濡れた耳に熱い吐息がかかる。

「リツ、私の理性を試しているのか？　悪い子だな。それとも、お仕置きをされたいのか？」

意地悪な言葉とは裏腹に蕩けるような甘い低音を吹きこまれ、耳たぶを甘噛みされた。やわやわと食まれ、ちゅっと音を立てて吸い上げられると、無意識に腰が震える。

「ひゃぁ……んんっ」

高い声が出てしまい咄嗟に手で口を覆う。

「かわいい声だな。ずっと聞いていたい。……いや、名残惜しいが、今夜はこれくらいにしておこう」

敏感になった耳をディーンさんがなでる。

僕は耐えきれずその場にへたりこんだ。心臓が痛いくらいに強く脈打ち、全身が火照ったように熱くなっている。

——今、何が起こったんだ？

「しばらくは湯が出続けるから、落ち着いたら出ておいで」

混乱したまま座っていると、シャワーが降り注いできた。

「は、はい……」

なんとか返事したものの、その体勢から動けないまま噛まれた耳を押さえ続けた。どうしてこんなことをしたのだろうと思うけど、いくら考えてもディーンさんの意図はまったくわからない。

……ちょっとからかわれただけだ。忘れよう。

深呼吸を繰り返し、気持ちを整える。身体の火照りが冷めるころには、降り注いでいたシャワーはいつの間にか止まっていた。

脱衣所へ戻ると、タオルと柔らかな手触りの夜着が置かれていた。これも魔法で作られてるのかな？　なんて取り留めないことを考えながら腰紐をぎゅっと結んだ。

脱衣所を出ると、ゆったりとした部屋着に着替えたディーンさんがソファに腰掛け、仕事の書類らしきものを真剣な眼差しで読んでいた。その顔にはさっきまでの艶めいた表情はまったくない。僕の視線に気づいたのか、ディーンさんは書類から顔を上げた。

「着替えは問題なさそうだな」

「はい、ちょうどいい大きさでした。ありがとうございます」

お礼を伝えると、ディーンさんは微笑んだ。

「気にしなくていい。今日は疲れただろう。この部屋は自由に使ってかまわないから、早めに休むといい」

「でも、ここってディーンさんのお部屋ですよね」

そんなプライベートな空間に僕がいて邪魔にならないだろうか。

「私の部屋では、嫌か？」

ディーンさんは気まずそうな表情で、目を逸らしながら尋ねる。

「そんなことないです。でも、いいんですか？」

全然嫌ではないけど、ディーンさんのほうが休まらないんじゃないかと気にかかった。

「私はまったく問題はないから、気にする必要はない」

「では、お言葉に甘えてお世話になります。……あの、それで、僕はソファに寝たらいいですか」

ソファで寝るなら、できればあの温かくて気持ちいいローブを貸してほしい。ローブに包まると ディーンさんがすぐそばに感じられて、知らない場所にいる不安感が和らぎ心が落ち着く。

だめもとでお願いすると、ディーンさんはほんのり赤くなった頬を隠すように咳払いをした。

「私のローブを……。いや、リツがよければ、ベッドを使ってくれ」

「ベッド、いいんですか？」

「あぁ、自由に使ってくれ」

大きなベッドは大人ふたりが並んで寝てもまだ余裕がある。でも、会ったばかりの僕と寝るのに抵抗はないんだろうか。

「それはあの、一緒に寝るってこと、ですよね？」

「あ、いや。私はまだ仕事が残っている。執務室のほうで適当に休むから。だから、安心してひとりで使うといい」

念を押すように確認すると、ディーンさんは咳払い混じりに早口で捲し立てられた。

「でも、それじゃディーンさんが――」

「私は大丈夫だから。ゆっくり寝なさい」

ディーンさんにサッと抱き上げられたかと思うと、ベッドに身体を横たえさせられる。素早い動きに抵抗も反論もできない。

「……ディーンさん、本当にありがとうございます。おやすみなさい」

優しさに甘えることに決めると、ディーンさんがクスリと笑う。そして頭をなで、髪にキスをする。よく眠れるようになるおまじないだろうか。僕も小さい妹たちによくやってたな。

子ども扱いがくすぐったくて、緩む顔を隠すようにベッドに潜りこむ。

「ああ、おやすみ」

ディーンさんが執務室に行った気配を感じながら、これからのことを考える。

魔法ありきのこの世界で、魔法を使えない僕はどうやって生きていけばいいんだろう。お風呂に入ることすら手伝ってもらわないとままならない。これからもできないことがどんどん見つかっていくはずだ。僕にできる仕事はあるんだろうか。

言葉は通じているけど、字は読めるのかわからない。学校で学んだ知識も、仕事で身につけてきた技術もなんの役にも立たないだろう。

臨機応変な性格かつバイタリティに溢れた妹なら、この状況を楽しんだかもしれない。どんなときでも冷静に物事を考えられる弟なら、解決策を見出せたかもしれない。

妹たちの顔を思い出して、目の奥が熱くなる。ふたりはどうしてるかな。家族も友人も、誰もいない世界から元の世界に戻ることはできるのか。

不安と寂しさがない交ぜになり、涙が溢れそうになるのを耐える。

……泣いてる場合じゃない。泣いたところで帰れるわけじゃない。

不安が暴走し、ネガティブなことばかり考えてしまう自分を叱咤(しった)し、目に溜まった涙を拭う。元の世界へ戻るにはどうしたらいいかわからないけど、帰る方法を見つけるためにも、ここでちゃんと生きていかないと。

とても親切なディーンさんにいつまでもお世話になっているわけにはいかない。まずは仕事を探して、住むところを決めて生活基盤を整えよう。明日からひとつひとつ、問題を解決できるように動こう。

しなくちゃいけないことを確認し、ぎゅっと拳を握りしめる。僕はかすかにディーンさんの香りがする枕に頬を寄せ、そっと目を閉じた。

第三章　新しい出会いとちぎりパン

カーテンからこぼれる光に目を覚ますと、枕元に着替えが置かれていた。

ディーンさんは忙しい人だから、言葉通りずっと仕事をしていたのだろう。昨日ずっと僕に付き合ってくれたから、その分できなかった仕事を睡眠時間を削って片付けたのかもしれない。

申し訳なさとディーンさんの優しさに胸が締めつけられる。心を配ってくれる彼にこれ以上迷惑をかけたくない。

そんなことを考えながら着替え終わり、ディーンさんにお礼を伝えようとドアの前に立つと、執務室のほうから賑やかな声が聞こえてくる。

「リツ、入っておいで」

なぜ居場所がわかったのか不思議だったけど、ディーンさんに呼ばれた。これも魔法なのかも。

「失礼します」

そう言ってドアを開くと、ディーンさんのほかにシエラさんがいた。それからディーンさんと同じ年回りの長身の男性と十歳くらいの男の子が、執務机を囲むように立っている。

長身の男性は精悍(せいかん)な顔立ちで、短く切り揃えた金髪が凛々しい。さらに青い瞳はいたずらっこみたいに爛々(らんらん)と輝き、人懐っこさを感じさせた。帯剣し軍服みたいな服を着ているから、騎士団の人だろうか。

男の子はとてもかわいらしく、ふわふわとカールのかかった亜麻色の髪を肩口で遊ばせている。こちらを見つめる澄んだ水色の瞳は、こぼれそうなほど大きい。

そんな華やかな一行はなぜかみんなマフィンを頬張っていた。

「おはよう、リッちゃん！　昨日ぶりね。今朝は顔色もよさそうで安心したわぁ」

「おはようございます、シエラさん」

にっこりと笑うシエラさんに挨拶を返すと、初対面のふたりも近寄ってくる。男の子のほうは、マフィンを大事そうに両手で持ち、僕をキラキラした瞳で見上げている。

「あなたがリッ様ですね！　このお菓子、すっごくおいしいです」

「本当？　喜んもらえてよかった」

素直な言葉がうれしい。ふわふわの髪をなでると、男の子はびっくりしたように目を見開いたあと、えへへっと頬を緩ませて笑ってくれた。天使のように愛らしい。

弟もこんな感じだったなぁと懐かしい気持ちで微笑んでいると、大きな影にすっと視線を遮られた。

「よぉ、あんたが宰相様が言ってたお姫さんか。はじめまして」

騎士さんに肩を抱かれ、ニヤリと楽しそうな笑みで顔を覗きこまれる。野性味あるイケメンのドアップはかなりの迫力で、正直ちょっと怖い。

「えっと……？」

なんと返事すればよいかわからずビクビクしていると、反対側からディーンさんに腰を抱き寄せられた。緊張が解け肩から力が抜ける。

「ありがとうございます」

「いや、悪いのはコイツだ。リツ、みんなを紹介しよう。こっちはジーク・ローレンス。近衛騎士団の団長だ」

「よろしくな、お姫さん」

彼はニカッと笑ってまた僕を〝お姫さん〟と呼んだ。

「よろしくお願いします、ローレンスさん。その、お姫さんというのはなんですか？　僕はご覧の通り男ですし、高貴な立場では……」

「ジークでいい。なんだ、ディーンハルトから何も聞いてないのか？　あんたは妖精姫の――」

「ジーク、余計なことは言わなくていい」

ジークさんの言葉を遮るように、ディーンさんが声をあげた。

〝妖精姫〟がなんなのかはわからないけど、僕と関係があるとは思えない。気になってジークさんを見たが、硬い表情のディーンさんに気圧されたのか困ったように笑って首を横に振られてしまった。そして、続けて男の子を紹介する。

「リツ、こちらはリアン・ラングストン。私のもとで仕事を学びながら、雑事も引き受けてくれている」

「よろしくお願いします、リツ様」

こんなに小さいのに、もう仕事をしているのか。日本なら小学校に通ってるくらいの年齢だろうに、この国ではこれが普通なのかな。

「よろしくね、リアンくん。それから僕のことは様づけしなくていいよ」

「いえ、そんなわけにはいきません。リツ様と呼ばせてください！」

譲れない信念を含んだような瞳でじっと見上げられる。そんな目をされたら、だめとは言えない。敬称をつけられると距離を感じて少し寂しいような気もするけど、一生懸命に僕を尊重してくれるリアンくんの気持ちを大事にしたい。

「そっか。じゃあ、好きに呼んでね」

「ありがとうございます」

ほっとしたような笑顔を見せてくれた。本当に素直でかわいい。

「顔合わせはこのくらいでいいな。リツ、今後のことを相談したい。リツはここでどうしたい？」

ディーンさんは静かに問いかけた。その蒼い瞳はとても穏やかで優しい。

ディーンさんからしたら僕は得体の知れない人間。

彼の宰相という立場なら、僕をどうにでもできるだろう。それこそ僕をこの国から追い出すことだって。

それでも、こうして僕の意見を聞いてくれる。

ディーンさんの配慮に感謝しながら目を合わせると、彼は大丈夫だと言うように泰然としてうなずいた。その表情に後押しされるように、昨夜考えていたことを口にする。

「……そう、ですね。仕事をして生活基盤を整えたいです。魔法が使えない僕に何ができるのかはわかりません。でも、いつまでもお世話になっているわけにはいかないので」

動悸が激しくなるのを抑えながら、言葉を続ける。泣いても落ち込んでも現実は変わらない。僕にできることは現状を受け入れ、この世界で生きていけるようになること。

その最初の一歩として、ディーンさんに僕の考えをきちんと伝えたかった。

「ちゃんと働いて、お金を貯めて部屋を借りたいです。……いつ元の世界に帰れるのか、帰る方法があるのかすらわかりません。でもきちんと生活をして、帰れるその日まで生きていたいと思っています」

真っ直ぐにディーンさんを見て、考えていたことを精一杯言葉にした。数秒見つめ合ったあと、彼は思案するように目を閉じる。

僕の言葉がどう受け止められたのか、まったく想像できない。優しいディーンさんだけど、魔法を使えないのに何を言ってるんだと呆れたかもしれないし、僕の意志を聞いて後悔したかもしれない。

長い沈黙のあと、ゆっくりと言葉が紡がれた。

「リツの考えはわかった。とても堅実だと思う。だが焦る必要も、ひとりで頑張る必要もない。私はリツのそばにいる。少しずつふたりでやっていこう」

僕の決意は、ディーンさんの真綿のように柔らかい眼差しに包まれた。

伝えた決意は嘘じゃないけれど、右も左もわからないこの異世界でたったひとりで生きていく。

それは、きっと僕が想像してる以上につらくて大変なことだろう。

ディーンさんは、そんな僕の心細さを見抜いたのかもしれない。そばにいると言ってくれたことが、彼のくれる優しさが切ないほどうれしい。

「そうよ、リッちゃん。ひとりで頑張らないで。私もいるんだから。焦って無理しちゃだめよぉ？」

思わず泣きそうになっていると、シエラさんが背後からぎゅっと抱きしめてなでてくれる。

「どいつもこいつもリツに抱きつくな」

ディーンさんはそう言うと、シエラさんを僕から引き離す。

そして再び僕はディーンさんの腕に包まれて、体温をふわりと感じた。シエラさんに抱きしめられるより、ジークさんに肩を抱かれるより、なぜかずっと安心できる。三人ともとてもいい人なのに、ディーンさんだけが特別心地よいのはどうしてだろう？

されるがままになっている僕を見て、シエラさんがやれやれとため息をつく。

「まったく心の狭い男ねぇ。リッちゃんもリッちゃんよ。そんな顔しちゃって～。すーぐ食べられちゃうわよ？」

そんな顔ってどんな顔してるんだろう？　情けない顔をしてないといいけど。

部屋の中を見渡したが、鏡がないので確認できない。

「それで……まず、仕事だったかしら？　それなら天下の宰相様が紹介してくれるわ。なんなら私を手伝ってくれてもいいし。うん、今思いついたけど、いいわね。リッちゃんがいたら患者さんみんな癒されると思うの。どうかしら？」

医師の手伝いというのは、魔法が使えなくても務まるのだろうか。知識も資格もないから医療行為はできないけど、掃除や受付ならできるかもしれない。

「それは却下だ。リツにはほかに頼みたいことがある」

シエラさんの提案に僕がうなずく前に、ディーンさんがその案を没にした。

「僕に頼みたいこと、ですか」

僕ができることならなんでもしたい。ディーンさんの役に立てるならなおさらだ。

「リツさえよければ、これから私の食事を作ってもらいたい」

「……ディーンさん専属の食事係のようなものでしょうか？」

「ああ、魔法を使わない新しい料理を作ってほしいんだ。もちろん報酬も支払うし、住居も提供しよう」

この世界の食事事情は僕としても正直つらいものがあるし、マフィンをあんなに喜んでくれたディーンさんにもっとおいしいものを食べてもらいたい。そして僕が作ったもので少しでも顔色がよくなってほしいとも思う。

「ぜひ、やらせてください！　あ、でも僕が作れるのは簡単な料理とかお菓子ばかりですけど……」

「リツも昨日食べただろう？　この世界の料理はあの水準なんだ。おいしいと思いながら食事をした経験など、ほとんどの者がないだろう。私はマフィンを食べてとても感動した。空腹を満たすためだけではなく、おいしいと思える料理を広めたい。協力してもらえないだろうか」

この世界に住む人々に寄り添うディーンさんの言葉に心が温かくなる。彼は僕にしてくれたみたいに困っている人や助けを必要としている人に自然と手を伸ばせる人なんだろう。

　できないことを嘆いてもどうにもならないんだ。特別な知識も力も何も持ってないけど、この人のために僕も頑張りたい。全力で期待に応えたい。

「ディーンさん……どこまでできるかわかりませんが、全力で頑張ります」

「ありがとう。それでリツには今後、護衛と補佐をつけたいと思っているんだが、問題ないか？」

「補佐はわかるんですが、護衛は必要なのでしょうか？」

　ここってそんなに危ない場所なのかな。

「雇用するうえで肩書きが必要なのだが、他国の貴族の子弟が身分を伏せて遊学していることにしようと思う」

　空から降ってきた僕には身分も戸籍もない。捏造するしかないのは仕方ないと思うけど、貴族をかたって、後々ディーンさんに迷惑がかからないのかな。

「リッちゃんの黒い髪と瞳はうちの国では珍しいからねぇ。いないわけじゃないんだけど、かなり希少なのよ。むしろ貴族以外を名乗るのは難しい色味なの」

　ディーンさんの言葉にシエラさんが補足する。周囲をぐるっと見渡すと、たしかにみんなキラキラした髪色の美形揃い。これがこの国の当たり前なら、黒髪黒眼のうえに平凡な顔立ちの僕は浮いてしまう。

「身分を伏せてっていうことにも意味があるんですか？」

「ああ。たとえ上の身分の者にでも、貴族が手ずから食事を用意することはないからな。身分を伏せているていにするしかない」

そういえば昨日、ディーンさんは調理魔法を使えるけど、使ったことはないと言っていた。

「なるほど……」

「リツはこちらの世界のことを知らないし、貴族社会の教養やマナーにも詳しくはないだろう？貴族が取らないような言動をした場合、身分を伏せているので貴族らしからぬことをした、という言い訳が使えるからな。もちろん、リツが望むならこの国のことや教養を学ぶこともできる」

現代の日本に貴族はいないからまったくピンと来ない。今後のためにもこの世界についての知識はあったほうがいいだろう。

「この世界やこの国のことを知りたいです」

知識が増えれば、元の世界へ戻るヒントが見つかるかもしれないし、料理を作る上でも役立つはずだ。

「では、教師を手配しよう。まぁ、当分は時間が合うときに私が教えるからそのつもりで」

「ありがとうございます。……でも、ディーンさんに無理のない範囲でお願いします」

ディーンさんが教えてくれるなら安心だが、血色が悪くクマが浮かんでいるディーンさん。ただでさえ忙しいのに、睡眠時間を削って僕の勉強まで付き合ってもらうのは本意ではない。

「ああ、大丈夫だ。無理のない範囲で行うつもりだから心配ない」

「それならいいんですが……」

もし、体調が悪そうならそのときに断ろう。

「どうせ寝物語に聞かせるんだろ？　負担になるなら、リツのほうじゃないのか」

ジークさんがニヤニヤとからかうようにディーンさんを見た。

寝物語って、寝る前に絵本読んだり昔話を語ったりするあれかな。僕も妹たちが字が読めるようになるまで、毎晩絵本を読み聞かせていた。大体読み終わる前にふたりが寝るから、最後まで読めた試しがない。

ディーンさんが教えてくれるなら、さすがに絵本の読み聞かせということはないだろうけど。

「僕は大丈夫ですよ、多少寝るのが遅くなっても。ですが、忙しいディーンさんの負担になるのはいやです」

きっぱりと言い切ると、シエラさんに呆れたようなため息をつかれた。

「リッちゃん、ジークが言ってるのは、あなたが想像しているような健全な意味じゃないわ。……あなた結構鈍いわね」

「健全……？」

シエラさんの言いたいことがよくわからなくてもっと深く聞こうとしたが、もう僕のほうを見ていなかった。

「ジーク、リアンもいるんだから際どい話はよしましょう。教育に悪いわ」

「あ？　リアンだってもう閨（ねや）教育は始まってんだろ」

急に話題に出されたリアンくんは困ったように笑っている。

ネヤキョウイク、あまり聞いたことがないし学校で習った記憶もない。ネヤってなんだろう。漢字が全然思い浮かばない。

シエラさんたちのやりとりを呆れ顔で見ていたディーンさんに聞いてみる。

「その、ネヤもディーンさんが教えてくれますか？」

ディーンさんは目を見開きしばらく固まってしまったが、すぐに我に返ったように咳払いをした。

「……いずれは」

小さく了承してくれた。ネヤって、そんなに大変な教育なのか。

そのとき、いつの間にかディーンさんと一緒に生活することになっているとようやく気づいた。

そのあたりについて聞いてみると、仮眠室で生活しようと思っていたらしい。

「リツはそれでかまわないか？」

いつかは出ていかなきゃいけないとは思うけど、当分寝泊まりさせてもらえるならありがたい話だ。僕から断る理由はない。

「もちろんです。ディーンさんさえよければ置いてください」

頭を下げると、シエラさんがポンっと手を打った。

「じゃあ、これで住むところも解決ね！　リッちゃんが心配だけど、さっきの様子じゃあ当分は大丈夫でしょう。鈍くてかわいいリッちゃんに、無理強いなんてしないわよね？」

「当たり前だ。リツの本意でないことをするつもりはない」

無理強いってパワハラとか？

いつも優しいディーンさんがそんなことをするとは、とても思えない。時間外労働や長時間労働も思い浮かぶけど、そんなに長くたくさん働けるほど僕にできる仕事があるならむしろやらせてほしい。

僕ができるなら全力で頑張る。この世界について何も知らない今の僕には任せられなくても、いつか大丈夫だと判断されたら、ネヤのことも教えてもらいたい。

そんな気持ちを伝えると、ディーンさんは気まずそうにしながらもうなずいてくれた。

「時が来たらきちんと話すし、リツに願うつもりだ。だから今は私のために料理を作ってほしい」

「はい。そのときが来たら、教えてください」

決意を込めて笑いかけると、ディーンさんも頬を緩めてくれた。

……この顔すごく好きだな。いつも難しそうに眉間に皺(しわ)を寄せる表情はかっこいいけど、力を抜いた顔で微笑まれると心が暖かくなる。ディーンさんがいつも微笑んでいられるように、僕にできることを頑張ろう。

それから僕たちはこれからのことを具体的に話し合った。

僕の護衛にはジークさんの部下の騎士さんが交代でついてくれるらしい。今は護衛対象が少なく、手の空いている騎士に実地訓練も兼ねて任せるつもりだとジークさんは告げた。補佐にはリアンくんがついてくれるようだ。

「リアンにはいろいろ経験させておきたいし、正式な私の補佐だと王宮中の者が知っているからな。一緒にいれば私の関係者だとわかりやすい」

つまりディーンさんの庇護下にあることの証明らしい。僕がなるほどとうなずくと、ディーンさんは子どもを自慢するお父さんみたいな顔でリアンくんを褒める。

「それに口は堅いし機転もきく。魔力量も多いし魔法も得意だから、万が一護衛と離れることがあってもリアンと一緒なら安心だ」

リアンくんに対しての信頼度の高さが伝わってくる。一方、リアンくんは年相応でかわいい照れ笑いを浮かべてディーンさんの言葉をうれしそうに聞いていた。

「頼りにしてるね、リアンくん」

「精一杯、努めさせていただきます」

心強い相棒ができた瞬間だった。そのまま王宮内をリアンくんに案内してもらうことになり、早速ジークさんが護衛の騎士――レオナルドさんを呼んでくれた。

「あなたがリツ様ですね。本日は私が護衛させていただきます。よろしくお願いします」

レオナルドさんはスッと背筋を伸ばし、胸に手を当てると騎士のお手本のような礼をした。

緩く巻いた金髪をポニーテールでまとめ、にこりと微笑む垂れた瞳は鮮やかな碧色。正統派王子様タイプのイケメンだと妹が騒ぎそうだ。この王子様に護衛されるのは少々おそれ多い。

姿勢を戻して向けられた笑顔がキラキラと眩しく、ジークさんとはまた違う迫力に圧倒される。

「よろしく、お願いします……」

「シエラの話していた通りのかわいらしい方ですね」

「シエラさんのお知り合いなんですか？」

「ええ。あれとは長い付き合いなんです」

ふふっと笑う顔がなぜか仄暗い。ちょっと変わった人なのかなと戸惑う僕を察してか、ジークさんがレオナルドさんの肩を叩いた。

「シエラのことになるとちょっと面倒なヤツだが、優秀なヤツだから安心してくれ。レオナルドは近衛騎士団の副団長をしていてとても強い。そして、書類仕事全般を担うくらい文官としての才能もあるんだ。すごいだろ」

「なぜ、あなたが偉そうなんですか。ところでシエラはどうしました？　ここにいると聞いたのですが」

レオナルドさんは誇らしげなジークさんを制しつつ周囲を見渡したが、シエラさんの姿はもうない。

「あいつならお前が来るって聞いてすぐに医務室へ戻ってったよ。あいかわらずだな、お前ら」

呆れ顔のジークさんに、レオナルドさんは肩をすくめる。シエラさんとレオナルドさんはどういう関係なのだろうか。

別件の仕事があるというジークさんを見送り、僕たちも執務室を出ることにする。

「ディーンさん。いってきます」

「いってらっしゃい」

そう言って手を振ると、ディーンさんも振り返してくれた。いつも家族を見送る側だったから、それだけで胸が暖かくなる。

頑張ってディーンさんに喜んでもらえるようなおいしいごはんを作ろうと、改めて決意した。

第四章　賑やかなティータイムと初めてのパン作り

まずレオナルドさんたちに案内してもらったのは、騎士団の訓練場だった。

サッカー場ほどの広さのフィールドで、ファンタジー映画そのままの迫力ある撃ち合いが繰り広げられている。中学生から三十代くらいの幅広い年代の男性が、剣や盾を持って模擬戦をしていた。

素早い動きで剣を交わらせ、盾で防ぎ、炎や水など魔法を放っている人もいる。

火柱が上がっているけど、あんなのが当たったらやけどじゃすまない。水の魔法もかなりの威力があるらしく、高く囲われたレンガ塀にヒビが入っている。魔法ってこんなふうに使うこともあるんだ……イメージ通りといえばそうだけど。

シエラさんが身体の状態を調べたりディーンさんがシャワーを出したりと便利に使っていた。だから、この世界の魔法は日常に溶けこんだ便利なもの、元の世界で言う電化製品みたいなものだと思っていた。

だけど、やっぱり戦いにも使うのか。僕が知らなかっただけで、少しでも気を抜いたら命を失ってしまう可能性がある訓練が必要なほど、危険が身近な世界なのかもしれない。

――もしかして、映画や小説に出てくるような恐い魔物もいるのかな。

しばらく見学していると、訓練を監督していた人が休憩を告げた。すると、騎士たちはそれぞれコップのような物の上で手をかざしている。

「レオナルドさん、彼らは何をしているんですか？」

「何って……？　ああ、そうでしたね。彼らは生活魔法で水を作り出して飲んでいるんです。王宮に水源はありませんので、水は魔法で生み出すしかないんですよ」

「飲み水まで魔法なんですね……」

つまり、魔法が使えない僕は喉が渇いても水を飲むことができないということだ。その事実に思い至り、血の気がひく。

「必要なときはお出ししますので、いつでもおっしゃってください」

僕の思考を読んだらしいレオナルドさんが笑顔で申し出てくれた。お礼を言いつつ気になったことを聞いてみる。

「ありがとうございます、喉が渇いたらお願いしますね。……ちなみに騎士の方もみんな、あのパンを食べてるんですか？」

「ええ、毎日食べてます。ここの主食ですから」

熱中症予防には水分だけじゃなく、塩分も摂る必要がある。あのしょっぱいパンを日常的に食べているなら大丈夫だろう。一方、彼らみたいに汗をかかない人のほうが過剰摂取で心配だ。

そんなことを考えながら、訓練場をあとにした。

次にレオナルドさんたちに案内してもらったのは、王宮で働くメイドや侍従といった使用人のための食堂。

「食糧庫で魔法を使って、この食堂へ配膳するんです」

奥には食糧庫があり、そこで魔法を使いパンや料理を用意しているらしい。魔法で料理を作るこの世界に、流しやコンロが並んだキッチンは当然なかった。

ここのほかに騎士団用や文官用の食堂もあるみたいだけど、造りはどこも同じだとリアンくんが教えてくれる。ディーンさんは文官用の食堂を使ってるのかと聞いてみると、リアンくんは悲しそうに眉を下げた。

「いえ、ディーンハルト様は執務室で召し上がることもありますが、あまり……」

「食べないことが多い？」

「はい。とてもお忙しい方なので時間が取れないということもあると思うんです。でも、一時期は飲み物すらあまり口にされないこともあって……」

「それは心配だね……自分の食事より仕事を優先してるのかな」

僕の問いかけにリアンくんはコクンとうなずいた。

僕もまだ短いながら働いた経験があるから、仕事の重要性はわかる。ましてやディーンさんみたいに一国を動かす仕事なら尚更だろう。でも、仕事や睡眠が疎(おろそ)かになればいつか限界が来て、倒れてしまうかもしれない。そんなことになれば、本人も周囲も悔やんでも悔やみきれない。

僕と妹たちのために、その身を削ってお世話してくれた祖母の優しくも疲れた顔が浮かぶ。最後の最後まで、僕たち兄弟を心配して亡くなった。もっと僕にできることがあったんじゃないかと、祖母の死から五年経った今でも時々考えてしまう。

もうそんな後悔はしたくない。ディーンさんのために料理がしたい。調理器具がないのは問題だけど、これから解決策を考えればいい。

リアンくんの話を聞いて、一層気持ちが強くなった。

「ディーンさんに食べたいって思ってもらえるものを作れるように頑張るから、リアンくんも手伝ってくれる？」

「もちろんです！」

僕の決意にリアンくんは小さな両手で握り拳をつくって応えてくれる。そんな僕たちを目を細めて見守っていたレオナルドさんが食堂の奥を指し示す。

「食糧庫へも行ってみますか？」

その提案に僕はすぐさまうなずいた。

食糧庫にはたくさんの食材が並んでいる。冷蔵庫のような『保冷庫』と呼ばれる物はあったが、かまどもなければフライパンひとつ見当たらない。

道具と呼べるものは、さまざまな種類の食器やカトラリー類のほかは、中央に置かれた大きな机くらいだ。ここに材料を集め、魔法をかけて料理を作るらしいが、いまいちピンとこない。

この食糧庫にはふたりの料理人が働いていた。年配の女性のニーナさんと、僕と同じくらいの男性のエリックさん。ニーナさんはふっくらとした顔に優しげな微笑みを浮かべたパン屋のおかみさんって感じの女性で、エリックさんは素朴で真面目そうな青年だ。僕のことは外国から遊学に来ていて、今日は王宮を見学中とだけふたりに伝えてある。

ニーナさんは製パン魔法を使えるらしい。

「今、作ってもらうことはできますか？」

「大丈夫ですよ。そろそろお昼の準備をする時間ですし」

そう言って、ニーナさんは小麦粉などの材料をバネ式のような秤で正確に量り始めた。その重さから考えて、大体パンよっつ分ほどの分量だろうか。

これはなんでどのくらい必要でと、合間に親切に解説してくれる。この世界にドライイーストがあったのには驚いた。

「最後にこれ、この分量が一番大切なんです。少しでも量が違えばうまくパンになりません」

ニーナさんが手に取ったのは、塩。スプーンで慎重に量っているけど、通常のパンのレシピの五倍くらい盛っている。

あの量の塩で作ったパンを毎日食べているのか……ニーナさんには悪いけど、絶対に身体によくはないだろうな。

「きっちり量れました。これらをこの魔法鍋にすべて入れて、魔法をかけます」

自身の仕事を誇るようにうなずくニーナさんは食器棚の下から魔法鍋を取り出した。鍋があったんだと言いかけたが、やめた。

ニーナさんが取り出したのは、鍋というより大きな陶器のボウル。取手すらついていない。何もないよりはいいけど、期待しただけに少し悲しい。

ニーナさんは魔法鍋――ボウル――に材料を入れ、手をかざした。すると手から光が溢れ出し、魔法鍋を包む。眩い光がやむと、鍋の中には昨日食べたものとまったく同じパンができていた。

出来立ては焼いて作ったものと同じように温かいのか湯気が出ている。ディーンさんから聞いていた通り、本当に材料を揃えて魔法をかけるだけで一瞬でパンが出来上がった。

「すごい……」

これでおいしくて、塩分量が適切ならすごく便利で素敵な魔法なのに。

驚きと残念さが混ざり複雑な気持ちでパンを見つめていると、ニーナさんが次の材料を準備し始めた。魔法で作るとはいえ、計量には時間がかかる。あまり長居しては仕事の邪魔になってしまう。

「ニーナさん。お忙しいところ、ありがとうございました」

「いえいえ。またいつでもいらしてください」

僕は複雑な思いを抱えたまま、ニーナさんにお礼を言って食糧庫をあとにする。

次はどこに行くのかリアンくんに聞いたら、一度ディーンさんの執務室へ戻りましょうと言われた。まだ出てきてそんなに時間は経っていないけど、何かあったのかな？

首を傾げる僕に、リアンくんは縋るような目を向けてきた。

「これから、午前のお茶の時間なんです……」

「お茶の時間？」

「はい、午前と午後に一度ずつ休憩としてお茶を飲むんです。ディーンハルト様おひとりだと絶対に休憩されないので、ぜひリツ様に戻って誘っていただきたいんです」

貴族の人たちってサロンで、ケーキスタンドにのったプチケーキやサンドイッチなんかを食べてるイメージあるし、あんな感じなのかな。でも、リアンくんの必死さから考えると、そういう優雅なものっていうより、糖分摂取とか水分補給とか必要に迫られてる気がする。

「そういうことなら、ディーンさんにお茶を飲みながら午前中の報告をしたいのでって時間とってもらおうか」

仕事の一環というていのほうが誘いやすいし、了承してもらいやすい気がして提案すると、リアンくんもうなずいてくれた。

「ありがとうございます。リツ様が誘われたら、ディーンハルト様はきっと喜んでうなずいてくださいます」

リアンくんが大袈裟(おおげさ)なほど喜んでいるのは、ディーンさんが本当に休憩しないからなんだろうな。まだ幼いといっていい年なのにリアンくんは結構苦労性だ。

「お仕事の具合にもよるだろうからうまくいくかはわからないけどね」

「絶対に大丈夫です」

きっぱりと言い切るリアンくんの両肩にはかなり力が入っている。もし断られても午後の約束が取れるかもしれないし、気負わずに声をかけようねと言うとようやく落ち着いてくれた。

「ただいま戻りました」

「おかえり。お疲れ様、リツ。王宮の中はどうだった？」

執務室に戻ると、仕事の手を止めたディーンさんが出迎えてくれた。

おかえりって言ってもらえるのはうれしいけど、いってらっしゃいと言ってくれた声よりも覇気がない。僕たちが王宮を回っている間にどれだけ仕事をしていたんだろう。執務机に積んである書類が増えているように見えるのは気のせいじゃないはず。本当に忙しい人なんだな。

「騎士団の訓練場と食糧庫を見学させてもらいました。どちらも僕の世界とは違いすぎて。とても興味深くておもしろかったです」

笑顔で報告すると、ディーンさんも顔を綻ばせる。

「それはよかった」

「食糧庫では、製パン魔法も見せていただいたんです」

あれは衝撃的だった。魔法の便利さも塩の量も。

「製パン魔法を。その顔は何か思うところがあるようだ」

苦笑するディーンさんに黙ってうなずくと、レオナルドさんからストップがかかった。

「ディーンハルト様、それはぜひ、お茶をいただきながらにしましょう！」

メイドさんによってすぐさまティーカップに入った紅茶が用意された。

本格的な紅茶は妹に付き合って行ったホテルのアフタヌーンティー以来。ワクワクしながら待っていると、メイドさんがディーンさんの前で先に紅茶に口をつける。

いわゆる毒味だろうか？　現代の日本では馴染みのない行為だから一瞬わからなかった。僕のマフィンはじっくり観察してはいたけど、毒味なしで食べてよかったのかな。今度機会があったら聞いてみよう。

ところで気になるのはこの世界のお茶事情。

「お茶は紅茶が主流なんですか。紅茶以外では何茶を飲んでいるんですか？」

「何茶とは、なんですか？」

僕の質問にリアンくんはキョトンとした顔で聞き返す。ディーンさんもレオナルドさんも意味がわからないようで、不思議そうな表情を浮かべている。

「なんの種類のお茶を飲むのかなって思って。緑茶とか烏龍（ウーロン）茶とか」

「……紅茶以外にお茶があるんですか？」

リアンくんの質問で、この国のお茶事情を理解した。紅茶以外のお茶は存在しないみたいだ。

黙って僕たちのやりとりを聞いていたディーンさんを見るが、首を横に振られた。リアンくんのほうへ向き直ると、興味津々とばかりに目を輝かせている。

「僕が生まれ育った国では、料理や季節、状況に合わせていろんな種類のお茶を飲んでたんだ」

簡単にお茶の発酵具合による種類や味の違いを説明すると、リアンくんは真剣な顔で聞いてくれる。日本人に馴染み深い緑茶や烏龍（ウーロン）茶に代表される青茶を例にあげ、同じ茶葉でも発酵具合によって風味や効能が異なることを話すと、熱心にメモまで取っていた。

好奇心からというより、水分摂取すら疎（おろそ）かになるディーンさんに少しでもおいしいものを用意したい一心なのだろう。その姿勢を見習いたいと思うと同時に、リアンくん自身にもお茶を楽しんでほしい。

「リアンくんは紅茶に何を入れるのが好き？」

「……紅茶に何か入れるんですか？」

リアンくん、二度目の戸惑い。そんなに困らせるつもりはなかった。

「レモンとか砂糖とかミルクとか」

「紅茶に、レモンや砂糖を入れるんですか！」

紅茶は甘いほうが好きだからうちでは当たり前に砂糖を入れていたけど、番茶や緑茶には何も入れない。番茶に砂糖を入れて飲むって言われたら、今のリアンくんみたいに戸惑うだろう。でも、緑茶に砂糖を入れて飲んでいる国もあるらしいから、これも食文化の違いのひとつかも。

「そういう飲み方を僕は知らないです。ディーンハルト様やレオナルド様はご存じですか？」

「いや、聞いたことがないな」

「私もありませんね。ですが、とてもおいしそうな予感がします。気になるのでレモンと砂糖とミルクをもらいに食糧庫へ行ってもよろしいでしょうか」

レオナルドさんが中座の許可を伺うと、ディーンさんは「頼んだ」と短く応え送り出した。そして。

「――リツ様、レモンはこのまま入れるのでしょうか？　入れやすいように潰しますか？」

今、みんなレモンと砂糖とミルクに夢中だ。にっこりとかわいらしい笑顔で、握り潰そうとするリアンくんの手からレモンを取り上げる。

「まずはミルクティーを作りましょう。ミルクとお砂糖はそのまま入れます。スプーンお借りできますか？」

メイドさんが持ってきてくれたのはティースプーンではなく、食事用のサイズのようだ。紅茶に何も入れずに飲む文化ならティースプーンは存在しないんだろう。

「このスプーンの半分くらいのお砂糖を入れてかき混ぜてみてください。お砂糖が溶けたら、少しミルクを入れます」

「量は具体的じゃなくていいのですか？」

「リツ、少しというのはこのくらいか？」

「本当にお砂糖が溶けてなくなりました。リツ様、すごいですね！」

レオナルドさんとディーンさんは分量の曖昧さに困惑していたが、リアンくんは無邪気に楽しんでくれた。子どものほうが順応が早いってことかな。

「量はみなさん、そのくらいで大丈夫ですよ。では、僕が毒味しますね」

「リツ、それは――」

「ん〜、おいしい。いい茶葉ですね」

簡易ミルクティーでも十分おいしい。堪能しているとディーンさんと目が合ったので、召し上がれの意味を込めて微笑んだ。

「では、私たちもいただこう」

ディーンさんはそう言って、ティーカップに口をつける。

「……なるほど、こういう味になるのか。うまいな。茶の渋みがまろやかになって飲みやすい」

ディーンさんのお口に合ったらしい。隣に座ったレオナルドさんを見ると、こちらも驚きつつも微笑んでいる。

「ほっとする優しい甘みですね」

「すっごく甘くておいしいです、リツ様！」

すごく甘いってリアンくん、もしかして砂糖を多めに入れたのかな。紅茶に溶ける様子をキラキラした目で見てたし。

「もっと手間のかかる淹れ方もあるんですけど、ミルクの温め方を考えつかなかったので、今日はこの方法で」

「十分にうまいと思うが、そちらも気になるな」

休憩に積極的じゃないディーンさんにねだられ、意欲が湧いた。これを機にお茶に関心を持ち、少しでも休息をとるようになれば、顔色も改善するはずだ。

「方法を考えておきますね」

決意を胸にディーンさんを見遣ると、砂糖たっぷりのミルクティーよりも甘い微笑みで返される。

「あぁ、楽しみにしている」

「はい、頑張ります」

ディーンさんのとろけるような微笑みに見惚れながらもそう返すと。

「失礼します、よい雰囲気に水を差すようで申し訳ないのですが、レモンのほうも気になります。こちらはどのようにするのでしょうか」

レオナルドさんが、僕とディーンさんの間に割って入った。いつの間にかリアンくんから取り上げたレモンはレオナルドさんの手に渡っている。

「そうでした。今度はこのレモンを使って、レモンティーを作ってみましょう。レモンはきれいに洗って薄くスライスするんですが……包丁がない」

そうだった。ここには調理器具がないんだった。どうしようかな。リアンくんが言ってたみたいに手で潰す？

レモンを手に悩んでいると、レオナルドさんに取られた。

「洗って薄く切ればいいんですか。それなら私が引き受けましょう。ディーン様、よろしいでしょうか」

レオナルドさんはディーンさんに抜刀の許可を取り、右手を虚空にかざす。

なんだろうと見ていると、水を丸く切り取ったようなボールがふよふよと出てきた。大きな水饅頭みたいで触ると気持ちよさそうだ。こんなふうに水を塊で出すこともできるのか。

魔法で出した水球にレモンを入れてさっと洗うと、レオナルドさんは腰の剣に手をかける。

そして洗ったばかりのレモンを放り投げ、見えない速さで剣を振るう。キンっと高い音を立てて剣が鞘に収められると同時に、テーブルに置いていたソーサーの上にきれいにスライスされたレモンがのった。どれも均等に薄く切られている。

「すごい！　剣がお上手なんですね！　とてもかっこよかったです」

早業に興奮して手を叩くと、ディーンさんに咳払いをされてしまった。子どもみたいにはしゃいでしまって恥ずかしい。

「リツ、あのくらいなら私もできる」

「ディーンさんは剣術もできるんですか？　今度ぜひ見せてください」

「ああ。必ず見せよう」

ディーンさんってなんでもできるんだなぁ。きっと剣を持っていてもかっこいいに違いない。その姿を想像していると、今度はレオナルドさんから咳払いを受けた。

「……えーと、それで。このレモンはどうするのでしょうか」

「紅茶に浮かべてください。スプーンで軽く二、三回かき混ぜて取り出します。搾ったり、長い時間つけていると苦くなりますので気をつけてください。あ、レオナルドさん。レモンを切った剣は洗って乾かさないと錆びます」

「なるほど、承知しました」

レオナルドさんは鞘に収めたまま剣に魔法をかける。それだけできれいになると教えてくれた。魔法でそんなこともできちゃうんだ。

「では、こちらも僕が先にいただきますね。いい香り。うん、おいしい」

レモンのすっきりとした酸味が程よくおいしい。レオナルドさんも自分で切ったスライスの出来に満足げにうなずいて、レモンを浮かべた。

「紅茶と混ざった爽やかな香りがいいですね。シエラはこちらのほうが好きそうだ」

「シエラさんですか？」

「はい。果物が好きなんですよ。特に柑橘類が」

レモンティーの感想がそれって。レオナルドさんって本当にシエラさんのことを大事に思ってるんだな。

「オレンジも合うので試してみてください。あっ、オレンジはこの世界にありますか？」

「ありますよ。今度ふたりでお茶をするときに入れてみます」

うれしそうにレオナルドさんは目を細めた。レオナルドさんが来る前にシエラさんは逃げるように医務室へ帰っていったけど、お茶をするくらいには仲がいいのかな。

「ぜひ楽しんでください。感想も聞かせてくださいね」

「もちろんです」

レオナルドさんと笑い合っていると、ディーンさんに呼ばれる。

「リツ、こちらには砂糖は入れないのか」

「ミルクティーが甘かったので、あえて入れなかったんですが、入れてもおいしいですよ。好みによりますが、はちみつも合います。はちみつ入りのほうが僕は好きです」

「はちみつのほうが好きなのか。なら、明日はそれも用意しておこう」

さらりと明日のお茶の約束が取れた。

アレンジすることで、ディーンさんがお茶に興味を持ったのかもしれない。働きづめのディーンさんがどんな理由であれ、少しの時間でも休んでくれれば安心する。

「お願いします。ディーンさんはミルクとレモン、どちらのほうがお好みですか？」

「そうだな。レモンのほうは先程のミルクを入れたものより、すっきりとしていて飲みやすい。だが、あのミルクの優しい甘さも捨てがたいな。飲んでいると疲れが和らぐ気がする」

そう語る表情は、僕らがこの部屋に戻ってきたときよりずっと柔らかい。

ディーンさんの感想からすると、レモンの香りでリフレッシュしてミルクティーの糖分で疲労が回復したってところかな。どちらも気に入ってもらえたみたいだ。元の世界で当たり前にしていたことを話しただけなんだけど、少しでもディーンさんの役に立てたならうれしい。

「気のせいじゃないですよ。甘い物を摂ると頭の疲れが取れて、仕事の効率が上がるらしいです。紅茶はまだまだいろんな種類がありますから、少しずつ試してみましょう」

「効率が上がるのは助かるな。これからはいい休息になりそうだ」

そういって微笑むディーンさん。これからたくさんのお茶を味わってほしいな。

ひとしきり紅茶を堪能したあと、ディーンさんは静かに切り出した。

「それで、実際に製パン魔法を見てどう思った」

食糧庫で見た製パン魔法を改めて思い出す。材料を魔法鍋に入れて一瞬で作り上げる。味の問題さえなければ、夢みたいな魔法だった。

「とても便利だなと思いました。材料さえ揃えば、捏ねたり焼いたりしなくてもパンになる。それも一瞬で。でも――」

「塩か」

「思っていたよりかなり多くてびっくりしました。しょっぱいはずです」

昨夜食べた味を思い出して重い息を吐いた。丁寧に計量して作ってくれたニーナさんには申し訳ないけど、できればもう食べたくない。

「リツは魔法を使わずにパンを作れると言ったな」

「はい。調理道具と材料があれば作れます。魔法に比べると、調理時間はかかりますが」

「調理道具と材料か……」

魔法ですべてが作り出せてしまうこの世界。料理を作る道具はおそらくないだろう。

「材料は製パン魔法に使われているものと同じです。作るとなると、問題は道具ですね。この世界の道具はやっぱり……」

「ああ、魔法で作るな。例えばこのティーカップ。これは特殊魔法を使って作ったものだが、この魔法が構築されるまでに三年かかったそうだ。設計して材料を想像しながら掻き集め研究を重ね、うまくできたものを試用して問題がないか確認する」

ディーンさんは真面目な表情を浮かべて続ける。

「新しい物を生み出すのはとても難しい。完成するかどうかすらわからないしな。魔法の理に合わなければ、永遠に出来上がらないのが製成魔法だ」

――魔法の理。

製パン魔法の理が、あの塩の量ということなのか。誰がどうやって決めたかわからないけど、理なんて理不尽すぎる。

それに研究って、つまりその理に合う配合みたいなのを探していくってことだよね。ひとつの料理や道具を作るのにどれだけの時間がかかるかわからないけど、出来上がることが奇跡なんだろう。おいしさや便利さは二の次になるのも理解できる。

「とてつもなく時間とお金がかかりそうですね……」

「そうだな。だから調理道具というのをすぐに用意するのは無理だ」

「魔法を使わずに物作りは……やっぱりできませんよね」

どうしたらいいのかな。食糧庫を見た限り、包丁ひとつさえこの世界にはない。さっきのレモンもレオナルドさんが剣で切ってくれたくらいだし。

ん？　そっか、剣みたいに代替品を使えば、なんとかなりそう？　包丁の代わりに短剣とか使えばいいのか。フライパンは平たい鉄、鉄じゃなくても熱が伝わる金属があれば……

この世界に来てから見た物を思い出しながら、知恵を絞っていると。

「リツ……」

申し訳なさそうな声で名前を呼ばれた。顔を上げると、困り顔のディーンさんと目が合う。

「こちらへ来たばかりのリツに難題を押しつけてしまった」

「ディーンさん？」

ディーンさんは何も悪くない。たしかに問題だらけだけど、それはディーンさんのせいじゃない。

「リツばかりに負担をかけているな……」

重い口調で目を伏せるディーンさん。これ以上罪悪感を持ってほしくなくて、僕はわざとらしいほど明るい声を出す。

「そんなことないです。料理を作ろうと決めたのは僕自身です！　道具がないならないで、なんとか考えてみます。だから、そんなに自分を責めないでください」

「頼もしいな……」

眩しそうに目を細めるディーンさんの声が、少しだけ明るくなる。彼が心配しないように、罪悪感で心を痛めないように大丈夫ですよと大袈裟に笑ってみせた。

「任せてください。それで実はちょっと思いついたことがあるんです」

「思いついたこと？」

「火を使ってもいいところはありますか。安全確保のために屋外がいいんですが」

まず簡易キッチン――かまどを用意しないと。

「火を使うところか……。どこがいいか」

ふむ、とディーンさんが思案していると、レオナルドさんが手を挙げた。

「騎士団の訓練場はいかがでしょうか。先程、見学に行ったところです。攻撃魔法の練習で火球を飛ばすくらいですから、多少のことは問題ありません。もし何かあっても、私を含め多くの騎士は攻撃に使うほど水魔法が得意ですから」

「攻撃って！　そこまで危ないことはしないので大丈夫です。レンガか石でかまどを作りたいだけですから」

「かまどとはなんですか？」

レオナルドさんは疑問を浮かべる。ディーンさんも同じ表情で首を傾げた。

「簡単に言えばレンガや石を積んで作る炉みたいなもの、あ、炉もないですよね。うーん、レンガで囲い、火を焚いて食材を焼く物です……って、わかりにくいですよね」

「想像できなくて申し訳ない。だが、料理を作るのに必要だということはわかった。それでレンガはどのくらい必要だ？　ほかにもいるものがあれば用意しよう」

「ありがとうございます。レンガをふた抱えと、薪……燃えやすい乾燥した木材ってありますか」

「木材ならすぐに用意できる」

そう言うと、ディーンさんは執務机に向かうと何かを書きつけ、リアンくんに手渡した。リアンくんは受け取るとすぐに、失礼しますと部屋を出ていった。

「ほかには何が必要だ」

「あとはパンの材料と——盾を」

「『盾？』」

ディーンさんとレオナルドさんがハモった。ふたりとも思いも寄らない単語だったらしく、ポカンとした表情でこちらを見るが、僕は何も言わずににっこりと微笑みを返した。


お茶のあと、僕はレオナルドさんと一緒に騎士団の詰所に来ていた。

詰所は二階建てのレンガ造りの洋館で団長と副団長の執務室、応接室、会議室、医務室、仮眠室に加えて食堂と食糧庫もあるらしい。建物の奥にある食糧庫までの道すがら、レオナルドさんにルームツアーのように案内してもらった。

「ざっとですが、こんな感じですね」

「いろんな部屋があるんですね」

「ここでなんでも対応できるように作られてますから。緊急時は家に戻らず、こちらで寝起きすることもあるんですよ。さて、ここが騎士団の食堂で奥が食糧庫です」

ようやく目的地にたどり着いた。食堂に入って見渡して気づいたが、机と机の間隔が広い。

「少し広めなんですね」

「それだけ人数が多いこともありますが、むさ苦しい男ばかりなので。さ、こちらへどうぞ」

むさ苦しさとは無縁の優雅な笑顔でレオナルドさんに案内されるまま食糧庫へ進むと、元気な声に出迎えられた。

「よお！　やっと来たか」

ジークさんの姿を見た途端、レオナルドさんの眉間に皺が寄った。ディーンさんみたいに。

「ジーク。なぜあなたがここへ？　今日は書類仕事を進めてくださいとお願いしてましたよね」

「休憩だよ、休憩。お前らだってディーンとこで茶ぁ飲んでたんだろ？」

「まったく……」

悪びれないジークさんの態度にレオナルドさんは眉間を押さえ、ため息をついた。

ふたりの何気ないやり取りを見て、いつもこんな感じなんだろうなと想像する。お疲れ様です、とレオナルドさんをねぎらいの目で見ていると、ジークさんに手招きされた。

「リツ、紹介するな。コイツはシャルだ」

ジークさんの隣には、深い紺色の髪をした青年が立っている。長身のジークさんが隣にいるせいか、小柄に見える。年は二十歳くらいだろうか。

透明感のある肌にとてもきれいな顔をしている。シエラさんとは別タイプの美人顔だ。

「シャルはここで俺たちにメシを作ってくれてる。製パン魔法も使えるぞ。ちょっと人見知りで無口だが、いいヤツだから仲よくしてやってくれ」

ジークさんはそう話しながら、シャルさんの肩を優しく抱きよせる。その仕草は豪快なジークさんとは思えないとても丁寧なものだった。シャルさんも慣れたようにされるがまま、身を寄せている。

「リツ・サクラガワです。シャルさん、よろしくお願いします」

「……よろしく、お願いします」

少し戸惑ったような声だったが、一応受け入れてもらえたみたいで安心した。

「シャル、忙しいところ悪いが、パンの材料を十個分ほど分けてほしい。使っていない魔法鍋があればそれに入れてもらえるか。ただし、塩だけは別のカップにでも入れてくれ」

自己紹介が終わったところで、レオナルドさんがシャルさんに食材の用意を頼んだ。

シャルさんは小さくうなずくと、名残惜しげにジークさんを見遣ってから準備し始めた。てきぱきと働くシャルさんを、ジークさんは愛しそうな表情で見ている。ふたりの間には甘い空気が流れていた。しかし、そんな雰囲気もレオナルドさんの冷たい声に一瞬で壊される。

「そうだ、シャル。材料が減るのは気にしなくていい。当分、団長は食事を取る暇もないだろうからその分を充ててくれ」

「レオ!?」

ジークさんが驚いた表情を浮かべるが、レオナルドさんのにっこりと細められた瞳は笑っておらず、言葉にも慈悲はない。

「書類。まったくやってないんでしょう。終わるまで食堂への出入りを禁止にします」

さらに追い討ちをかけるレオナルドさんの笑顔がすごく怖い。先程のお茶を楽しそうに飲んでいた姿からは想像できないぐらい黒いオーラを背負っていた。

言葉と圧力にジークさんは泣きそうな顔で震えている。あれ？　でも、団長であるジークさんのほうが、副団長のレオナルドさんよりも偉いのでは？

「レオ、頼む。俺が悪かった。だから出入り禁止は勘弁してくれ……」

「シャルへの接近禁止命令も出しましょうか？」

「なんで副団長が団長に命令できるんだよ！」

「ディーンハルト様に許可をいただいてますので」

逆ギレ気味に叫んだジークさんだったが、レオナルドさんが一枚上手だった。シレッと出されたディーンさんの名前にジークさんは膝から崩れ落ちる。いつの間にそんな許可を取りつけたんだろう。

仕事を終えていないのは自業自得だとは思うけど、大きな身体を縮こめるジークさんの姿は哀愁を誘った。しかし、そんな上司の姿を見てもレオナルドさんは揺るがない。

「どうしますか？　私は本気ですよ」

「わかった。俺が全面的に悪かった！　すぐ戻って片付けるから接近禁止はやめてくれ。癒しがなくなる！」

ジークさんは叫ぶと、シャルさんの髪に素早くキスをする。「じゃあな、シャル。またあとで」

そう言って食堂を出ていった。残されたシャルさんは目を細め、うしろ姿を見送っている。

同僚というには、ふたりの間に流れる空気の糖度は高い。ジークさんはシャルさんへの好意を隠してないし、シャルさんもジークさんを切なそうに見ていて、想い合っているようだ。もしかして、ふたりは恋人、なのかな？

「付き合ってはいませんよ。たまに会っているだけです。……俺は平民ですから」

僕の心を読んだみたいなタイミングで、シャルさんから話しかけられた。

たまに会うっていうのはデートだと思うんだけど、付き合ってはないと。ジークさんは貴族で、シャルさんは平民で身分が違うから正式には付き合えないってこと？

魔法のある不思議な世界なのに、好きな人と同じ気持ちでもおとぎ話みたいにめでたしめでたしじゃ終わらない。自由に恋愛できる国に生まれたのに、これまで誰かを好きになったことすらない僕には、それがどれほどつらく苦しいことか想像もつかない。

実際どうなのかはわからないけど、異世界は恋愛も日本より難しいんだろうな。

もやもや考えこんでいると、レオナルドさんに呼ばれた。

「リツ様」

そういえば、レオナルドさんとシエラさんはどんな関係なんだろう。レオナルドさんの言葉の端々から親密さは感じるんだけど。もしかして、ふたりも？

「いろいろと気になることはあると思いますが、とりあえずパンを作りましょう。ディーンハルト様がお待ちですよ」

「そうですね！」

レオナルドさんの言う通りだ。僕にはやらなきゃいけないことがある。

気を取り直して声を張った僕にレオナルドさんはいたずらっぽく笑った。

「ちなみに私の恋人はお察しの通り、シエラです」

「えっ」

やっぱり、ふたりは恋人なのか！　そこは貴族同士だから問題ないのかな。

……男同士でも？

不意にディーンさんとの浴室でのやりとりが脳裏に浮かんだ。甘く響く低音が耳の奥に蘇る。耳たぶを触られ、腰が震えたことも……あ、あれ。なんで僕、そんなこと思い出したんだろう？

顔が熱い。心臓の鼓動も速く強くなる。だめ、思い出しちゃだめだ。

恥ずかしさに悶えそうになっていると、不意に肩を叩かれた。

「リツ様、大丈夫ですか？　材料の用意ができましたよ」

レオナルドさんの声にハッとして見ると、いつの間にか目の前に粉が入った魔法鍋と、牛乳と塩が入ったカップが置かれていた。

「ありがとうございます、シャルさん」

お礼を言って受け取ると、シャルさんは表情を変えないまま目を伏せた。材料を抱えたレオナルドさんは部屋を出る前にシャルさんに釘を刺す。

「シャル、団長がサボりに来たら追い返してかまわない。しつこいようなら、さっきのは脅しじゃないと伝えてくれ」

「承知しました」

静かに答えるシャルさんと別れ、僕とレオナルドさんは訓練場にやってきた。

気になることがたくさんあるけど、とりあえずパン！　パンを作ろう。

「リツ様、お待たせしました！」

かわいらしい声とともに、リアンくんが屈強な男たちを率いて訓練場へやってきた。服装からして騎士団の人かな。

「ありがとう、リアンくん。みなさんもお世話になりました。ここに置いてください」

「数は足りますか？　足りなければまたもらってきます」

はりきるリアンくんの背中をぽんぽんと叩く。

「大丈夫。これだけあれば、十分だよ」

レンガと木材の山ができている。簡素なかまどならふたつくらいは余裕で作れそうだ。

「盾のほうは、こちらでよろしいですか。一番小さい物ということでしたので、見習い用の物を持ってきました。それから、作業台はこちらの机をお使いください」

リアンくんが引き連れてきた人とは別の騎士さんたちが、詰所の裏から盾と机を運んでやってきた。盾は持ち手のついた中央部にかけて緩く傾斜がついている。全部希望通り。これでパンが作れるはず。

「みなさん、ありがとうございます」

運んできてくれた騎士たちに頭を下げると、みんな笑ってまた手伝いますよとにこやかに帰っていく。レオナルドさんの部下はよい人ばかりだな。

さて。まずパンを発酵させる必要があるし、生地作りから。

「パン生地を作るために手を洗いたいんですが」

「では、僕が洗浄魔法をかけますね」

名乗り出てくれたのはリアンくんだった。

手のひらを向けて差し出すと、リアンくんが重ねるように小さな手をかざす。キラキラと光の粒子が舞い、すっきりとした感覚がした。

「きれいになってる。ありがとう。これはリアンくんの特殊魔法？」

「いえ、生活魔法なので誰でもできますよ。お風呂やシャワーができないとき、代わりに使うんです」

「ん……？　手を洗うだけじゃなくて、お風呂代わりにもなるの!?」

僕はディーンさんとの浴室の一件を思い出して再び顔が熱くなる。この洗浄魔法をかけてもらえば、あんな恥ずかしい事態にはならなかったはずじゃ……

「どうされました？」

黙りこんでしまった僕をリアンくんとレオナルドさんが心配そうに見ていた。

「いえ、なんでもありません！　では、改めて生地を作りたいんですが、ミルクを温める生活魔法ってありますか」

気を取り直してさあやるぞ！　と思ったが、出端を挫かれた。

ミルクが保冷庫から出したばかりで冷たいのだ。ミルクを温めておかないと発酵が悪くなる。電子レンジみたいな温める魔法はないかな。

「ミルクの温めですか？　生活魔法ではちょっと無理ですね」

リアンくんに尋ねると申し訳なさそうな表情を浮かべながらも一蹴される。残念。そんな便利な魔法はなかった。

「では、お湯を出してもらえますか」

湯煎にしよう。シャワーは温かかったし、魔法でできるはず。

「それなら大丈夫です！　どこに出しましょうか」

小首を傾げるリアンくんに指摘されるまで、気づかなかった。

「……すみません。ちょっと、シャルさんに食器を借りてきます」

「シャルさんのところへは僕が行きます。何を借りてきたらいいでしょうか」

リアンくんが手を上げる。

「スープを淹れる器をお願い。あと、陶器の大皿もあれば借りてきてほしいんだけど、持てないよね。一緒に行こうか」

「大丈夫です。レオナルド様、手の空いている騎士の方にお手伝いいただいてもよろしいですか？」

「もちろん。好きに使いなさい」

「ありがとうございます！」

レオナルドさんから了解を取ると、リアンくんはパタパタとかけていく。

僕の段取りが悪いせいでリアンくんに迷惑をかけてしまった。軽く落ち込んでいると、レオナルドさんが声をかけてくれた。

「気にされなくて大丈夫ですよ。リアンはあなたの手伝いができてとても楽しそうです」

「そうでしょうか」

「はい。リアンを待つ間にできることはありませんか」

「では、かまどを組み立てましょう」

せっかく洗浄魔法をかけてもらったのに手が汚れちゃうけど、またかけ直してもらおう。重ね重ねごめんね、リアンくん。そっと心の中で手を合わせた。

「まず何をしたらいいでしょうか」

「盾の大きさに合わせて、こんなふうにレンガを箱型に組み立てるので、並べるのを手伝ってください」

地面に図を描いて説明すると、レオナルドさんはなるほどとうなずき、早速レンガを手に取り並べていく。

「リツ様、大きさはこのくらいでしょうか」

「盾を置いて確認しましょうか」

土台となる一段目を並べ終えたところで用意した盾を置き、大きさを比べる。

「大丈夫そうですね。この大きさでレンガを積んでいきましょう」

盾の大きさに合わせたかまどは、高さを調節しながら十分ほどで完成した。長方形の六段組。二、三段目の一部に穴を開けてみた。空気孔兼薪を追加で入れる用だ。

かまどというより、バーベキュー台みたいな、ファミリー向けのキャンプ場にありそうな感じに出来上がった。

この天井部にレオナルドさんに洗浄魔法をかけてもらいきれいにした盾を置く。鉄製らしいから火の通りも問題ないはず。

「これで完成ですか」

戻ってきていたリアンくんにワクワクした顔で聞かれたけど、自信がない。

「うーん。一応、完成したけど……どうかな」

テレビや本で作り方を見たことはあるけど、実際に作るのは初めて。使ってみないとちゃんとできているかわからない。

「これはどう使うものなんですか」

レオナルドさんは全体を見るように一歩引いた。

「ここに火を入れて、その熱でこの盾に置いたものを焼きます。通常パンを焼く窯はもっと違う形をしているんですけど、今あるもので作る方法を思いつかなかったので、この形にしてみました」

「かまどにはいろいろな種類があるのですね。なるほど……」

「そうですね。レンガがないときは、石で作ったりもするそうです」

思案顔のレオナルドさんをそっとしておいて、リアンくんに向き直る。

「それじゃあ、リアンくん。ミルクを温めるの、手伝ってくれる？　あと、また手を汚しちゃったから洗浄魔法もお願いしていい？」

「はい！　この器にお湯を出したらいいですか」

「そう。高めの温度でお願いします」

魔法で出してもらった熱湯で湯煎し、ミルクが温まったらいよいよ作業開始。

ドライイーストを先に混ぜようとするが、シャルさんに材料をそれぞれ別にしてもらうようお願いし忘れた。すべて混ざってしまっているからちゃんと溶けてくれるか心配だけど、できないことはないはず。

ミルクに分けてもらっていた塩を適量加えると、リアンくんから戸惑ったような声が上がった。

「これだけですか？」

「ニーナが製パン魔法を使ったときに比べると随分少なく見えますが……」

隣に立つレオナルドさんも半信半疑といった顔だ。

レオナルドさんは言い淀んだが、そんなに少なくて大丈夫ですか、と言いたげな目をしている。

このくらいが普通なんだけどね。入れすぎるとしょっぱくなるだけじゃなくて、うまく発酵しない原因にもなる。あんなに塩を入れてるのにこの世界のパンがちゃんと膨らむのは、やっぱり魔法だからかな。

「大丈夫ですよ」

塩に対するふたりの反応に苦笑しながら、温めたミルクを全体に淹れて混ぜる。水気がなくなってきたら、あとはひたすら捏ねて、ひとかたまりにすると、まんまるの柔らかそうな生地が完成。

「柔らかそうですね。これがパンになるのですか」

「うん。でも、まだまだ時間はかかるよ」

リアンくんに持ってきてもらった大皿で魔法鍋にふたをする。ラップが恋しい。

「どこか暖かいところにこれを持っていきたいんだけど、温室とかあるかな？」

「はい！　薬草園の一角に温室があります。ここのすぐ近くです」

リアンくんはそう言って騎士団詰所のほうを指差した。

薬草園は詰所のすぐ裏手にあった。貴重な植物も育てているそうで、警備のため騎士団が常駐する詰所の近くに作られたらしい。

薬草園にはさまざまな薬草が育てられていて、パセリ、ローズマリー、バジル、ルッコラなど見知っているものも多い。どれも瑞々しく生き生きと育っている。薬用だから難しいかもしれないけれど、少し分けてもらえないかな。

そんなことを考えているうちに、温室に着いた。外は春くらいの暖かい気温だが、ガラス張りの温室内は三十度くらいありそう。

「この時期は少々暑いくらいの温度ですが、どうでしょうか」

言葉とは反対に涼やかな顔でレオナルドさんが問う。

「大丈夫だと思います」

「ここでどんな作業をされるのですか」

「何もしませんよ。このまま放置です」

「え？」

わけがわからないという顔のレオナルドさんを促して、温室をあとにした。

一時間ほど再び王宮を案内してもらい温室に戻ると、魔法鍋の中で生地は、ふっくらと元の二倍ほどに膨らんでいた。

小麦粉を軽くつけた人差し指を生地の真ん中に差し込む。引き抜いても穴はそのまま。一次発酵はうまくいったみたいだ。うれしくなって笑いながらガス抜きしていると、目をキラキラさせたリアンくんが隣に立ちこちらを見上げていた。

「パン、出来上がったんですか？　もう食べられますか」

「ううん、まだ。成形して二次発酵しないといけないし、何より焼かないと食べられないよ」

そう伝えると、リアンくんはキョトンとした。この顔、ディーンさんもしてたなぁ。

「焼く、のですか？　ファイヤーボールでですか。せっかく作ったものが灰になってしまいます」

「違うよ、かまどで焼くの。さっきリアンくんがレンガを持ってきてくれたでしょう。あれで作ったかまどで焼くんだ」

リアンくんの中では焼く＝攻撃なんだね。ちょっと怖いなと苦笑いしながら、生地を魔法鍋の中でカットし、成形していく。

「あれで焼くと灰にならないのですか？」

「そう。パンに火をつけるわけじゃないから大丈夫だよ」

「うーん……？　ちょっと想像がつきません」

眉をひそめて首を傾げるのがかわいい。言葉で説明されてもわからないよね。製パン魔法の話を聞いたとき、僕も意味がわからなかったもん。

「それでこのあとは、どうするのですか？　まだ焼かないのですよね」

そうだよとうなずきながら、魔法鍋に持参した濡れ布巾(ぶきん)を被せ、大皿でふたをする。

「これから二次発酵するからまたここに置いておくよ。今度はもう少し日当たりのいい温度の高いところがいいかな」

「それならこちらへどうぞ」

リアンくんおすすめの場所へ魔法鍋を置いて、温室を出た。二次発酵もうまくいくといいんだけど。


もうお昼ということで執務室へ戻り、例の魔法パンと味のしないスープをディーンさんと一緒に食べることになった。

この世界で二度目の食事だけど、やっぱりしょっぱい。もうこのパンを食べなくてもいいように頑張ろう。そう心に決めてパンを噛みしめていると、ディーンさんに話しかけられた。

「リツ、午後は私もパン作りを見学していいか」

「僕はかまいませんが、お仕事は大丈夫ですか？」

「あぁ。リツの教えてくれた新しい紅茶のお陰で午前中の仕事が捗ったからな」

僕が思いついた飲み方じゃないからさすがに過分な言葉だと思うけど、気に入ってもらえてよかった。効率があがったのは普段と違って、仕事中に糖分を摂ったからだろう。

「それはよかったです。うまくいくかわかりませんが、出来上がったら味見してくださいね」

「もちろん」

そう言って笑顔でうなずいてくれる。ディーンさんにおいしいパンを食べてもらうためにもうひと頑張りしよう。


決意を新たにディーンさんと一緒に温室へ戻ると、いい感じに膨らんだ生地に出迎えられた。

「おお！　これは二次発酵もうまくいったかも」

思わずつぶやいてしまうぐらいにいい出来だ。つやつやの生地を人差し指でそっと押してみると、押し戻ってうっすら跡が残る。

「順調か？」

「はい。今のところは。あとはこれを焼くだけです」

ディーンさんの問いに笑顔で返す。

ここからが一番の難所。うまく焼き上がってくれるかな？

温室から訓練場に戻り、いよいよ焼成に入る……その前に天板として使う盾に洗浄魔法をもう一度かけてもらう。そして、それにバターを塗った。

盾をかまどに設置する前に焚き火の準備だ。手持ち無沙汰なのか、じっと僕を見ているディーンさんにもお手伝いをお願いする。

「ディーンさん、手を貸してもらってもいいですか？　そこの薪をかまどの中に組んでもらえますか」

「組むとはどうすればいいんだ？」

「枕木を一本置いて、そこに立てかけるような感じで置いてもらえますか」

ディーンさんはうなずくと、木材をさっと組んでいく。

「こんな感じだろうか？」

「はい、そんな感じで大丈夫です。で、この木材に火をつけたいので……わっ!!」

着火剤代わりに木を削ってフェザースティックを作ってくださいとお願いする間もなく、ファイアボールが撃ちこまれた。

「どうしたんだ？　火をつければいいんだろう？」

ディーンさんは不思議そうな顔をしているけど、首を傾げたいのはこっちだ。

せっかくの木材が灰になってしまったかと恐る恐るかまどを覗きこむと、意外にもいい感じに火がついている。かまどの中でパチパチと音を立てながらオレンジの炎が燃えていた。

隣でディーンさんが、しっぽを振るワンコのようなキラキラした目で僕を見ている。

ええっと？　どうしたらいいのかな？

いつにない姿に戸惑っていると、レオナルドさんに耳打ちされた。

「ディーンハルト様はリツ様に褒めてほしいのですよ。お茶の時間に私があなたから褒められたのが悔しかったんですね」

子どもみたいですが、と付け加えられた言葉は聞かなかったことにしよう。

「ディーンさん、ありがとうございます！　完璧な炎です。これできっとおいしいパンが焼けますよ」

「そうか。リツの役に立ったならよかった。次は何をすればいい？」

見えないしっぽがうれしそうにブンブン振られる。その姿が幼いころの妹たちと重なって、とてもかわいく見えた。思わず頭をなでたい衝動に駆られたけど、リアンくんたちのいる前でそれはさすがに自重する。

「ええっと、それでは、この盾に今からパンを並べますので、終わったらかまどの上に置いてください」

「並べるのも手伝っていいだろうか」

「はい。手に洗浄魔法をかけてこちらへ来てもらえますか」

「わかった」

僕の要望通り、ディーンさんは魔法で手を清めると作業台の前に並んだ。

「魔法鍋から生地を取り出して、くっつけるようにして並べてください」

「これはリツが丸めたのか？」

ディーンさんが生地を優しい手つきでつついている。

「はい。触り心地いいですよ」

「本当だ。……とても、柔らかくてなんだか愛らしいな。赤子の頬のようだ」

真面目な顔でそんな例えをするディーンさんがたまらなくかわいい。

「そうですね、赤ちゃんのほっぺみたいに柔らかくてふくふくしてかわいいですよね」

「あぁ。出来上がるのが楽しみだ」

ひとつひとつ大切に持ち上げ並べるディーンさんの微笑みは、愛おしいものを見るかのように柔らかい。その眼差しがあまりにも眩しくて、つい目を逸らしてしまった。

頬が熱くなるのを感じる。赤くなるのを見られたくなくて、そっと顔を伏せるとディーンさんに覗きこまれてしまう。

「リツ？」

心配そうな瞳と目が合い、心臓が跳ねる。無意識にきゅっと目を閉じると、耳元でそっと囁かれた。

「どうした？」

どうしたのか自分でもわからない。ただ、ディーンさんを見ると胸が苦しくなる。でも、苦しいのに全然嫌じゃなくて。とにかく落ち着かないと。

ゆっくり呼吸し、意識をディーンさんから逸らそうと努める。

「すみません、なんでもないです。並べ終わりましたので、かまどへ運びましょう。まだ熱くはないと思いますが、気をつけてください」

露骨に話を逸らしたが、ディーンさんは何も追及しなかった。まんまるのパンが並んだ盾をふたりで持ち上げ、かまどにのせる。そして、ひと回り大きな盾でふたをした。

「おいしく焼き上がりますように」

願いを込めて、誰にも聞こえないような小さな声でつぶやく。

パンを火にかけてしばらく時間が経ち、盾と盾の隙間から芳ばしい香りがうっすらと届いてきた。オーブンレンジみたいに中が覗けないから音とにおいでタイミングを計るしかない。

「もうそろそろいいかな」

「開けるのか？」

期待に高揚した顔でディーンさんもかまどを見ている。

「そうですね、そろそろふた……上にのっている盾を取ってみましょうか」

ミトン代わりに用意した濡れタオルを手に取ろうとした瞬間、ディーンさんが素手で熱された盾を触ろうとしているのに気づいた。

「待って！　ディーンさん！　だめですよ、素手で触ったらやけどしちゃいます」

盾に触れる寸前に、伸ばされたディーンさんの手を掴んだ。

心臓に悪い。ドキドキと早鐘を打つ心臓を深呼吸で落ち着け、改めて掴んだ手を見る。男らしくもきれいな手はどこも赤くなっていない。間に合って本当によかった。

安堵しながらディーンさんの手を両手で包みこむと、頬にもう片方の手があてられる。

「軽率なことをしてすまなかった。心配をかけたな」

苦笑するディーンさんに首を振る。火を扱うことのないディーンさんを危険に晒してしまったのは、僕の不注意だ。

「いえ。僕も説明が足りず、すみません。やけどしなくてよかったです」

ディーンさんの手をぎゅっと握ると、耳元でうれしそうな声で囁かれた。

「リツがかばってくれたおかげだな、ありがとう」

「お礼なんて。ディーンさんに怪我がなくて安心しました」

ディーンさんの言葉に頭を振ると、背後からため息が聞こえてきた。振り返ると、レオナルドさんが呆れ顔で手袋と濡れタオルを手にこちらを見ている。

「ディーンハルト様、リツ様。そのように手を繋いだままでは、盾を取れないのではないですか？」

「ご、ごめんなさい」

慌てて離れると、ディーンさんが手袋とタオルを受け取った。

「少々危険な作業のようだから、私とレオナルドで持ち上げよう。リツは見ていてくれ」

「はい。ありがとうございます」

「行くぞ、レオナルド」

「はい」

かまどを覆っていた大きめの盾が持ち上げられると、芳ばしい香りが一気に広がった。ほんのり甘さを含んだパンのにおいだ。

緊張しながら覗きこむと、きつね色したパンが焼き上がっていた。

ところどころ色むらはあるけど、火は通っていそうだ。そっと持ち上げて裏を確認する。火が当たりすぎてるところは少しだけ焦げているけど、異世界で初めてのパン作りとしては上出来と言えた。

まんまるにくっついているパンを手でちぎって切り離す。ふんわり柔らかな感触に震えながら、ひと口頬張った。

「……」

途端に口いっぱいに広がる小麦の香りとほのかな甘み。しょっぱくないちゃんとしたパンだ。パンのおいしさ以上に無事にできたことに安堵する。

隣に立つディーンさんは期待に満ちた目でこちらを見ていた。

「リツ、どうだ？」

「ディーンさんも食べてみてください。まだ、熱いので気をつけて」

ひとかたまりをディーンさんに手渡す。

異世界に来て、初めて作ったパン。魔法で作られるパンに慣れたディーンさんはどう感じるかな。おいしいと思ってくれるだろうか。

「……」

ディーンさんが目を閉じてひと口、食む。マフィンを食べたときよりもゆっくりと、味を確かめるように噛み、瞳が開かれた。

「これは、うまい。パンとは塩味ばかりがするものと思っていたが、これはかすかに甘みが感じられる。魔法で作ったものより柔らかく口あたりもいいな。本当にうまい。そうか、これが魔法を使わないパンか……」

ディーンさんは上機嫌でふた口、三口と食べ進めている。

おいしそうにパンを頬張るディーンさんを見ながら、胸の奥にじんわりと熱が灯っていく。痛いくらいに速くなる鼓動を感じて、ぎゅっと手を握る。

これからもいろんなパンを、おいしいごはんをこの人に食べてもらいたい。

「ディーンさん……」

……どうしよう。なぜかはわからないけれど、今たまらなくディーンさんを抱きしめたい。

初めて感じる自分の気持ちにただ戸惑い、その名前をつぶやく。

「ありがとう、リツ。とてもうまい。マフィンのように優しい味だ」

耳に心地よく響く低音に頬が赤くなるのを感じる。穏やかに微笑むディーンさんが眩しい。返事したいのに言葉がうまく出ず、うなずいて返す。

変に思われたかもしれない。そう考えると顔を上げるのが怖くて、そっと視線を外し誤魔化すようにレオナルドさんとリアンくんにパンを勧める。

「レオナルドさんもリアンくんも食べてください」

「ありがとうございます」

「いただきます」

そう言ってふたりはパンに手を伸ばした。

「ふわぁ、しょっぱくない！　少し甘くて優しい味がします」

リアンくんは子どもらしい満面の笑みで口いっぱいにパンを頬張った。ふっくらと膨らむ頬がかわいい。レオナルドさんはリアンくんに同意しながらひとつ目のパンを完食し、さりげなくふたつ目を確保している。

「本当においしいです。これならスープなしで食べられますね」

喜んでくれるふたりを見るふりをしながら、僕らを見守るディーンさんの視線を背中に感じ続けた。

第五章　はじけそうな赤い実とＢＬＴサンド

そのあとディーンさんは緊急の仕事が入ったと呼び戻されたが、去り際にこのパンをぜひ夕食でも食べたいとリクエストされた。調理魔法で作った味のないスープを塩で整えたものと合わせて食べることもできるけど、どうせならパンをアレンジしておいしく食べてもらいたい。

「う～ん。野菜も食べてほしいし、やっぱりサンドイッチかな」

食糧庫にあった食材を思い浮かべる。ベーコンを焼いて、レタスにトマト、マヨネーズも作って。

「よし、ＢＬＴサンドにしよう！」

夕食にはやや軽めかなと思うけど、具沢山にすれば満足感も出るから大丈夫だろう。

「リアンくん、レオナルドさん。サンドイッチを作ろうと思うんですが、お手伝いお願いしてもいいですか」

「サンドイッチとはなんですか？」

レオナルドさんにわくわくした顔で尋ねられ、簡単に説明する。

「パンに野菜や卵をはさんだものです。手軽なので仕事しながらでも食べられます。……もちろん、仕事せずにも食べられるよ！」

仕事の片手間に食事を摂るディーンさんを想像したのか、リアンくんが悲しそうな顔をしたので慌てて付け足すと頬を緩ませた。

「パンはさっき焼いた残りを使えばいいんですけど、ベーコンとレタスとトマト、あと卵もほしくて」

必要な食材を挙げると、レオナルドさんがすかさず申し出てくれた。

「大丈夫ですよ。一緒に取りにいきましょう」

三人で連れ立って食糧庫へ行くと、シャルさんがお茶を淹れてくれた。イチゴも添えてある。

「甘酸っぱくておいしいです。イチゴって紅茶とも合うんですね」

初めての組み合わせだけど、イチゴの酸味が爽やかな香りの紅茶ととても合う。

そういえば、紅茶にイチゴジャムを入れる飲み方もあったなと思い出していると、シャルさんがティーセットをもう一組用意して、言いにくそうにレオナルドさんの顔を見つめた。

「副団長、あの……」

「ジーク団長に持っていきたいのか？　あぁ、イチゴは彼の好物だったか」

意図を汲み取ったレオナルドさんの言葉に、シャルさんは気まずそうな顔をした。

「はい。仕事の邪魔にならないよう、すぐ戻りますから」

「あの仕事が終わるまでは接近禁止だ。リアン、すまないが頼んでもいいか」

そのやりとりを見守っていたリアンくんは、急な指名にさっと紅茶を飲み干す。

「かしこまりました！」

「リアン様、お手数をおかけいたします」

シャルさんは膝をついてリアンくんに持っていたトレーを渡した。

子どものリアンくんにもシャルさんは敬称をつけ、丁寧な言葉で頭を下げる。リアンくんも違和感を覚えていない。

子どもでもリアンくんは貴族であり、年上であってもシャルさんは平民。そこには歴然とした身分の違いがある。大人が子どもにかしずくのを目の当たりにし、身分差を実感した。

「リアン、ついでに仕事の進捗も見てきてくれ。真面目にやってないようなら、しばらく見張ってくれるか」

ジークさんに届けに行こうとするリアンくんに、レオナルドさんは追加で頼みごとをする。

リアンくんは一礼すると部屋を出ていく。その姿が見えなくなると、レオナルドさんがにっこりと笑顔を見せた。

「さて、リツ様。私に聞きたいことや相談したいことはありませんか？」

「え？」

「さっき、ディーンハルト様への態度が気になりまして。少々緊張されていたように見えました」

レオナルドさんはそう言って紅茶をひと口飲んだ。はたから見てもさっきのディーンさんに対する僕の態度はおかしかったのか。

「気づいてたんですね」

「護衛対象のことは常に気にかけてますので」

誰かに相談したい気持ちはある。

でも護衛であるレオナルドさんに、こんな個人的な相談をしてもいいのかな。職務外のことで煩わせるのも申し訳ない。

僕が言い淀んでいると、レオナルドさんは頼もしい表情で言葉を続けた。

「愚痴でもなんでも聞きますよ。もちろん、お話しされたことは秘密にいたします。ディーンハルト様にも喋りません。シエラに誓って」

「神様や剣に誓うんじゃないんですね」

いたずらっぽく付け足すレオナルドさんに思わず突っ込んだ。

「もっとも大切な存在にこそ、誓いを立てる主義なんです」

シエラさんへの迷いのない真っ直ぐな気持ちが伝わってくる。僕もこんなふうに誰かを大切にしたい。

レオナルドさんに僕のこの複雑でどうしようもない気持ちを聞いてもらってもいいだろうか。

「うまく話せないかもしれませんが、相談させてもらえますか」

「大丈夫ですよ。思っていることをそのまま聞かせてください」

優しい言葉に背中を押され、そっと息を吐き出した。

「さっき、初めて僕が作ったパンを食べてもらってから……わからなくなってしまったんです」

「あの方のことが?」

ディーンさんについてわからないことは多い。でも、そうじゃない。今、わからないのは……

「自分のことが、わからないんです」

「なるほど？」

言葉がうまくまとまらない。

「自分の気持ちがよくわからなくて。僕はディーンさんについて、知らないことのほうが多いと思うんです。でも、それ以上に自分自身が……」

出会ったばかりのディーンさんの存在が、僕の中でどんどん大きくなっていくのを感じる。ただ、これがどういう気持ちなのか、どうカテゴライズされる気持ちなのかわからない。これまでたくさんの人に出会ってきたけれど、その誰に抱いたのとも違う感情に戸惑ってしまう。

異世界という、常識も世界の仕組みもまったく違う場所で出会ったからだろうか？　見ず知らずの僕に手を差し伸べてくれた命の恩人とも言える人だから？

頭の中をいろいろな疑問や感情が駆け巡る。答えは出ず、ため息がこぼれた。

「……会ったばかりなのに不思議なんですが、ディーンさんのことは他人な気がしないというか。一緒にいて安心するなって思ってたんです……でも、さっき焼いたパンをおいしそうに食べてくれる顔を見ていたら、抱きしめたいような衝動に駆られて」

恥ずかしいけれど、ディーンさんに抱きしめられるとどんなに不安でも安心できた。それなのに今は目が合うだけで胸がざわめき、気持ちは落ち着かない。僕のほうから抱きしめたくなると同時に彼の視線から逃げ出したくなる。

「僕、どうしちゃったんでしょう？　変……ですよね？」

レオナルドさんに問いかけると、彼は首を振って微笑んだ。

「変ではありませんよ。リツ様は、この短期間でいろいろなことがありすぎて、少し混乱されているのではないですか？」

たしかにこの二日間で驚くほど環境が変わった。

異世界に来て、ディーンさんたちに会って、魔法に驚いて、パンを焼いて、久しぶりに手作りのものを食べてもらって。

「そう、かもしれません……」

「時間はたくさんあります。焦らずにいきましょう。パンのこともディーンハルト様のことも。あなたはまだここへ来たばかりなんですから」

「そうですね、焦りすぎていたかもしれません。話を聞いてもらって、落ち着きました。ありがとうございます」

お礼を言うと、レオナルドさんは優しく微笑んだ。

「話をしたくなったら、いつでも聞きます。私に話しにくければ、シエラのところにでもお連れしますよ」

「ありがとうございます。そのときは、お願いします」

シャルさんの出してくれたイチゴをひと口かじる。爽やかな香りのする赤い実はほどよく熟れていて、甘くて酸っぱかった。

「まあ、焦っているのはあの方も同じですが」

「レオナルドさん？」

「いえ、なんでもありませんよ」

そう言ったレオナルドさんは、優しさと少しばかりいたずらっぽさも含んだ笑みを浮かべていた。

「戻りました」

レオナルドさんに相談し終えたタイミングで、ちょうどリアンくんが帰ってきた。

「おかえりリアンくん」

「手間をかけたな。団長はどうしていた？」

レオナルドさんに問われたリアンくんはちらりとシャルさんを見て苦笑した。

「それがあまり進んでいませんでした。なので、このままだとずっとシャルさんに会わせてもらえないかもしれませんよ、とお伝えすると焦ったように仕事を始められました。イチゴをお持ちしたのが私だったので、レオナルド様が本気だと悟られたようです」

リアンくんの言葉に、シャルさんは気まずそうに食糧庫の奥へ引っこんでいった。

「まったく、あいつは……。本当にすまなかったな」

報告を受けたレオナルドさんはため息をついて、リアンくんの働きをねぎらう。

そのあと、ジークさんに対するレオナルドさんの愚痴を聞きつつしばらくお茶をしてから、僕たちはかまどのところへ帰ってきた。

レオナルドさんのもっと食べたいという要望でもう一度パンを焼くことになったから、結構な大荷物だ。残っている分だけでは、普段身体を動かす仕事のレオナルドさんには足りないのかもしれない。

パンを新しく仕込み、発酵させている間にマヨネーズを作る。

卵もお酢も油もあるが、ハンドミキサーやブレンダーどころか泡立て器さえこの世界には存在しない。仕方ないので別の方法を試そうとレオナルドさんに頼み、ガラス瓶を用意してもらった。

「密閉できる物をご希望とのことでしたので薬品用の瓶を用意しましたが、これでいかがでしょうか。未使用品ですが、中は洗浄魔法をかけています」

僕は手のひらより少し大きめの瓶を受け取った。

「ありがとうございます。この瓶で大丈夫です」

「何に使われるんですか」

「サンドイッチに使うソースを作るんです」

材料を瓶に入れながらレオナルドさんに答え、しっかりとふたを締めると思いきり振った。

「リツ様？」

リアンくんは驚いた顔で見上げ、レオナルドさんはおもしろそうに眺める。

「中身がとろっとするように振って混ぜ合わせてるんだよ」

リアンくんは説明してもよくわからないというように不安げに高速で振られる瓶を見つめ続けている。心配そうな視線に苦笑を返していると、だんだん腕が疲れてきた。以前作ったときはペットボトルを使ったから軽かったが、ガラス瓶はとても重く怠くなってくる。

そんな僕の様子に気づいたのか、レオナルドさんが交代してくれた。しばらく瓶を振り続けていると、感触が変わったのか手を止める。

「とろっと、というのはこのような状態でしょうか」

レオナルドさんから渡された瓶を確認すると、市販のものよりは緩いもののマヨネーズが出来上がっていた。

「ちゃんとできてます。ありがとうございました。腕、疲れましたよね」

「これくらいのこと、なんともありません。それより、このソースが気になります」

瓶に入ったマヨネーズを覗きこむレオナルドさんにはまったく疲労の色はない。さすが副騎士団長。僕とは鍛え方が違うみたいだ。

「味見してみましょうか」

スプーンに少しだけ取り、レオナルドさんとリアンくんに渡す。自分の分もすくって食べてみた。いい卵なのか濃厚でおいしい。ふたりは不思議そうにしつつも気に入ったのか、おかわりを要求する。

「変わっていますが、酸味が程よく癖になりそうな味ですね」

そう言ってレオナルドさんにスプーンを差し出されたが、サンドイッチとして食べるほうがおいしいですよと断った。

レオナルドさんのお陰でマヨネーズも完成し、二回目のパンが焼き上がるころには夕食時になっていた。慌ててサンドイッチの準備に取りかかる。

「まずは野菜を切ります。レタスは適当に手でちぎれば大丈夫です。トマトはスライスが必要なんですが――」

「私にお任せください」

レオナルドさんが挙手した。

「お願いします。レモンより厚めに、このくらいの幅で切ってもらえますか？」

「承知しました」

指で厚さを示すと、レオナルドさんは腰から長剣を抜く。放り投げられたトマトは空中で剣を振るわれ、皿にのるころには輪切りになっていた。もはや、曲芸みたいだ。

レオナルドさんも楽しそうだし、食材を切るのにハマったのかもしれない。

「レオナルドさんはこれで食べていけそうですね」

「私は騎士なのでもう剣で食べていますよ？」

普通の騎士様は長剣で食材を切らないと思います、と心の中だけでつぶやいた。

次は卵とベーコンか。卵は鶏が産んだものを洗浄魔法で洗っただけだから味に問題はないだろう。でも、ベーコンは加工肉だ。レオナルドさんにひと口分だけ切ってもらい味を確かめると、パンほどではないが、食べ慣れたものよりかなり塩辛かった。レオナルドさん曰く、酒のあてにはちょうどいいらしいが、サンドイッチには向かない。

気づいてよかったと、焼く前にリアンくんに出してもらったお湯と水に交互に浸け塩抜きを施す。塩を抜くと傷みやすいし、旨味も減るんだけどこんなに塩辛くては使えないので仕方ない。いつかベーコンも自作できるといいな。

ベーコンの塩分がいい具合に抜けたので、あとは卵と一緒に焼いてパンにはさむだけ。

「では、次は卵とベーコンを焼きます。スクランブルもおいしいですが、今日は半熟の目玉焼きにしましょうか。黄身がとろりとしておいしいですよ」

出来上がりを想像し、つい口元が緩んでしまう。

「目玉焼きとは、卵に目玉を入れて焼くのですか？　いくつ目玉が必要でしょうか」

リアンくんの発言に固まってしまう。

……どこからなんの目玉を持ってくる気なの、リアンくん。

そんなことは怖くて聞けない。小さい子が目玉を焼くのかと勘違いして怖がる話は聞くけど、目玉を持ってこようとするって初めて聞く。

「卵をかき混ぜずにそのまま焼くと、目みたいに焼けるから目玉焼きって言うんだよ。本物の目玉は焼かないから大丈夫。卵だけで十分だよ」

「そうなのですか？　わかりました」

ちょっと残念そうに見えたのは、お手伝いの機会が減ったからだよね……？

「さあ、実際に作ろうか。そろそろ盾も温まってるだろうし」

かまどへ近寄り、フライパン代わりの盾に手をかざすと、じんわりと熱が伝わってきた。ちょうどいいころ合いだ。

油を引き卵を割り入れると、ジュッと音がする。卵の隣に厚めに切ったベーコンも並べるとおいしそうなにおいがしてきた。

「これは、お腹の空くにおいですね」

レオナルドさんもきれいな顔を綻ばせ、今すぐ食べたいですと言わんばかりに目を輝かせながらベーコンを見ている。

「たくさんベーコンをいただきましたし、レタスに巻いて味見してみますか」

「いえ……それはディーンハルト様に申し訳ないので」

口では断っているけど、レオナルドさんの視線はじっとベーコンを見つめたまま。

「少しくらいならいいんじゃないですか？　サンドイッチの中身だけですし」

「……リアン、共犯になってくれますか」

長考の末、悪い大人は幼気な子どもを巻きこむことにしたらしい。同じような顔でベーコンを見つめていたリアンくんは無言でコクリとうなずいた。そんな大袈裟（おおげさ）な。

くすくす笑いながら、いい色に焼けたベーコンをレタスに包んでふたりに渡した。もちろん、自分の分も確保済み。

「では、いただきます」

早速、頬張る。

「うまぁ……」

塩抜きで程よい塩味になったベーコンがこんがりと香ばしく、塩味に隠れていた旨味も感じられるようになった。流れる脂も身体にあまりよくないとわかっているけど、すごくおいしい。レタスのシャキシャキとした歯触りのよさもアクセントになって、ずっと食べていられそうだ。

もぐもぐとベーコンのおいしさを堪能していると、レオナルドさんに両腕をガシッと掴まれた。

「な、なんでしょうか？」

「リツ様、追加で焼いてもいいですか。いいですよね？」

「は、はい！」

こくこくとうなずくと、レオナルドさんはありったけのベーコンを焼き始めようとする。

「待って、待ってください。塩抜きしないと」

慌てて止めると、僕の作業を見ながらこっそり仕込んでおいたのだとレオナルドさんは告げる。

全然気がつかなかった……

「塩抜きしたベーコンは傷みやすいので食べきってくださいね」

「承知しました。……というか足りないぐらいですよ。酒のつまみにしていたベーコンですが、これからは食事としても楽しめそうです」

レオナルドさんって実は結構食いしん坊かもしれない。いつまでも食べ続けそうな勢いだ。ウキウキとベーコンを焼こうとしているレオナルドさんに待ったをかける。

「先に！　先にディーンさんに夕食を届けさせてください。届けたらあとは好きに焼いて食べてもらっていいですから」

「そうでした。肉のうまさにすっかり忘れておりました。では、すぐにお送りいたします」

まだサンドイッチできてません。

早く早くと急かされながら、パンを半分にカットし、断面にバターを塗って軽く焼く。こうすると香ばしさが増しておいしいんだよね。

レタスに手作りのマヨネーズを塗り、トマト、ベーコン、さらに目玉焼きと順に重ねていく。パンが丸いからサンドイッチというより、ハンバーガーみたいな仕上がりになった。僕用にひとつ、ディーンさん用にふたつ作って皿にのせる。

「できました！」

「これはまたおいしそうですね」

「残ったパンは置いていきますので、自由に食べてください。レオナルドさん、作り方は大丈夫ですよね？」

塩抜きをこっそり仕込めるぐらいだもん、大丈夫だよね。

「もちろんです！」

「ですよね」

「さあ、早く行きましょう！　ディーンハルト様がお待ちです。リアン、ベーコンの番は任せます」

「お任せください」

リアンくんに手を振られながら、引きずられるようにレオナルドさんとディーンさんの執務室へ向かった。

執務室を訪ねると、ディーンさんはまだ仕事中だったが部屋に招き入れてくれた。というより、レオナルドさんが放りこむように僕を部屋に置いていった。

部屋にはディーンさんとふたりきり。

意識しすぎてまたおかしなことをしないか不安だったけれど、レオナルドさんに話を聞いてもらったおかげか、変に緊張せずにディーンさんを見られる。彼の食いしん坊なところには驚いたけど、やっぱり頼れる人だ。

「レオナルドは何をあんなに焦っていたんだ？　騎士団で何かあったのか」

「あー、いえ。特に問題はなかったんですが、焼いたベーコンのおいしさに目覚めたらしくて」

「ベーコンか……。パンほどではないもののかなり塩辛いはずだが、焼くとうまくなるのか」

顔を顰めるディーンさんを見て、塩抜き前のベーコンを思い出して苦笑する。

「たしかにすごく塩辛かったです。焼く前にお湯と水で塩を抜いたので、程よい塩気になりました」

塩抜きのやり方を説明しながら、持ってきたサンドイッチを見せる。

「よかったら、食べながら話しませんか。サンドイッチを作ってきたんです。ベーコンも入ってますよ」

「いいにおいだな。すぐに紅茶を淹れるからテーブルで待っていてくれるか」

「ディーンさんが淹れてくれるんですか」

「パンを用意してくれた礼だ」

調理魔法を使ったことがないと言っていたし、昼間もお茶はメイドさんが用意していた。だからそういうことはしないんだと思っていた。

「それにせっかくリツとふたりなんだ。邪魔をされたくない」

内緒話をするみたいに耳元で囁かれた言葉。

また心臓が強く脈打ち、頬が熱くなる。邪魔をされたくないってどういう意味なんだろう。気になるけど、またまともに顔を見られなくなりそうで尋ねる勇気は出なかった。

ディーンさんの淹れてくれた紅茶に口をつける。

「おいしい、です」

温かさにほっと息をつく。

「よかった。リツの作ってくれたサンドイッチにも合うといいが。いただいても？」

「どうぞ。このままガブッとかぶりついてください」

勧めると、ディーンさんは具がこぼれないように慎重にサンドイッチを口に運ぶ。形のよい口唇(くちびる)が大きく開かれた。ちらりと見える赤い舌が妙に艶めいて見えて、視線をテーブルの上に向ける。

「……」

ディーンさんは何も言わない。サンドイッチを食む小さな音だけが聞こえる。

沈黙に耐えきれずに顔を上げると、難しい顔をしたディーンさんがひとつめのサンドイッチを食べ終え、ふたつ目に手を伸ばしていた。

「……どうでした？」

もうひとつを食べ終えるまでなんて待てない。

「すごく、うまい」

短いながらも、子どもみたいにキラキラとした目で力強く断言され、僕は肩の力が抜けた。忖度(そんたく)なく、心からおいしいと思っているのが輝く瞳から伝わってくる。

レオナルドさんやリアンくんにおいしいって言ってもらえるのもうれしいけど、やっぱりディーンさんに喜んでもらえるのは特別だ。ディーンさんのために作ったものだから。

「よかった……」

「すまない、不安にさせたな。うますぎてつい黙って食べてしまった。この白いソースがいい。すっぱいのにレタスにとても合うな。サラダにかけても食べてみたい」

安堵すると、ディーンさんがコホンと咳払いし、照れたような顔で感想を伝えてくれる。

「マヨネーズですね！　いろんなものに合うんですよ。明日はマヨネーズを使ったサラダを作りますね」

マヨネーズを気に入ってもらえたなら、ポテトサラダやコールスローもいいかもしれない。じゃがいもは味のしないスープには入っていたから、それを使えばなんとかなりそうだ。

「楽しみにしてる。ベーコンも香ばしくてうまい。そうか、レオナルドはこれを食べたくて戻ったのか」

得心したようにディーンさんがうなずいた。……お察しの通りです。

「焼き立てのベーコンをレタスに巻いて渡したらハマったみたいです。ベーコンだけじゃなく、牛肉や豚肉も焼くとおいしいです。あと、玉ねぎやじゃがいもなんかの野菜も」

バーベキューっていうか、鉄板焼きかな。タレがあるともっとおいしいけど、塩だけでもきっといける。

「それは、私も食べられるだろうか」

ディーンさんの期待に満ちた瞳がチラリとこちらを見る。

「もちろん。明日は鉄板焼きにしますね」

「ああ、楽しみにしている」

サンドイッチを食べ終えると、ディーンさんは紅茶を淹れなおしてくれた。今度はデザート代わりに砂糖とミルクを淹れる。ほどよい甘さが心地いい。

「このまま風呂に入って寝たいところだが、まだ仕事が残っていてな」

「お疲れ様です。じゃあ、僕は先にお風呂いただきますね」

邪魔をしては悪いだろうと、そう言って下がろうとしたが。

「待っていてくれないか」

「え？」

「風呂。魔法で湯を溜める必要があるだろう？」

たしかにそうだ。気が緩んですっかり忘れていた。

「そうでしたね。では、洗浄魔法をかけてもらえませんか？」

昼間、リアンくんに何度か手にかけてもらってさっぱりした。あれで十分だ。そう思ってお願いすると、いたずらな笑みを浮かべたディーンさんに肩を抱かれた。

「だめだ。一緒に入って髪を洗ってくれる約束だろう？」

急に縮んだ距離に戸惑っていると、艶めいた低い声が耳をくすぐる。

「お、覚えて、ます……」

ぎこちなくうなずくと、何かを期待するような瞳が間近に迫る。その中に空腹感にも似た欲を感じ、視線を逸らす。

サンドイッチを食べたばかりでお腹は空いてないと思うんだけど、食べ足りないのかな？　そんなことはないってわかっているけど、それなら何に飢えてるのか。

答えを知りたいような知りたくないような、相反する気持ちがぐるぐると巡る。

「リツ？」

耳元で名前を呼ばれ、羞恥心に限界が来た。ディーンさんの腕から逃げるように距離をとる。

「あの、わかりました。待って、ます。仕事の邪魔にならないように待ってますから」

早口で捲し立てると、クスリと笑われた。そのままディーンさんは本棚に近寄り、一冊の本を手に取る。

「待っている間にちょうどよいのがある」

「ありがとうございます。『グラッツェリア王国建国史』？」

お礼を言いながら受け取ると、その本は異世界の言葉で書かれている。この国の言葉が話せるように、文字もどうやら読めるらしい。よかった。

「ああ、建国史だが、小説感覚で読めるし、挿絵も多い。貴族の子どもは各家で勉強する以外にも学園で学ぶんだが、この本は初等部で教科書としても使われている」

「学園、ですか。ディーンさんも通ったんですか」

「昔な」

ディーンさんはうなずき、学園について教えてくれる。初等部から高等部まであり、六歳から十七歳までの生徒が通っているらしい。

「リアンくんは行ってないんですか」

「……あの子は勉学も魔法もとても優秀だから通う必要がなくなったんだ」

つまり飛び級してもう卒業しているということか。一瞬空いた間が気になったけど、ディーンさんの言葉には納得がいく。知り合ったばかりだが、リアンくんはすごくしっかりしているし、優しい子だ。

「とても賢いですもんね。今日はたくさん助けてもらいました」

「リアンに任せたのは正解だったな」

ディーンさんはそう言って話をきりあげると、僕の手を取りカウチに案内した。

「ここで読むといい。冷えるといけないから、このローブを」

そう言って着ていたローブを脱ぎ、手渡してくれた。これは見た目より暖かいし、手触りがよくて好きだけど。

「ディーンさんが寒くなってしまいます。僕は大丈夫です。寒くなったら何かお借りできればいいので」

「嫌か?」

ディーンさんが僕をまっすぐにみつめる。

「……お借りします」

「ああ、使ってくれ」

嫌とは言わせない視線に負け、膝にかけた。やっぱり暖かくて気持ちよく、ほわんとして眠くなりそうだったので、慌てて借りた本を開いた。

本にはこの国――グラッツェリア王国の成り立ちから書かれていた。

この国は七百年ほど前に妖精の国から来た妖精リオと初代国王が手を取り、人々を長く苦しめていた強大な魔物を倒したことから始まるらしい。

挿絵を見ると、きれいなドレスをまとった黒髪黒目の女性が国王らしき銀髪で蒼い瞳の男の手を取っている。

「う〜ん、この女性が妖精かな」

妖精っていうと手乗りサイズのイメージだけど、この世界では違うみたいだ。それに黒眼に黒髪ってアジア人っぽいな。さらに言ってしまえば『リオ』というのは日本でよく聞く名前だし。

一方、初代国王の見た目は色彩だけじゃなく、顔貌や雰囲気もどことなくディーンさんに似ている気がする。どちらも理知的で整った顔立ちだから、似ているように見えるのかもしれない。

そんなことを思いながら続きを読む。

妖精リオはこの地に留まり初代国王と結婚し、子宝に恵まれたと書かれていた。ふたりの子孫が王家を継いで今に至るそうだ。

しばらく読み進めていると、名前を呼ばれた。顔を上げると、仕事を終えたディーンさんがすぐそばに立っている。

「リツ、一区切りついたから風呂に入ろう。真剣に読んでいたが、そんなにおもしろかったのか」

「はい。初代の国王陛下が結婚して子どもが生まれたところまで読みました」

「リオ様とのご結婚か」

「そうです。妖精の方だったんですね」

「あぁ、肖像画が残っているが、とても美しい方だったようだな。この挿絵も肖像画が元になっている」

ディーンさんが目を細めながら、挿絵のリオ様に触れた。愛おしい人を見るようなその表情にズキリと胸が痛む。

――なんでショックを受けているんだろう……

リオ様はもういない人なのに。ディーンさんは魔物を倒したリオ様を尊敬しているだけかもしれないのに。

――違う。そもそもディーンさんが誰をどう思おうと僕には関係ないことだ。それなのに、こんなに心が痛いのはどうして？

動揺に震える手を握りしめると、ディーンさんの手が重なった。

「リツ？」

黙りこんだ僕を心配したディーンさんの蒼い瞳がこちらを覗きこんでくる。だめだな、心配させてばかりで。

一呼吸置いて、パッと顔を上げる。

「いえ、なんでもないです。ちょっと寒くなったみたいで。お風呂入りましょう」

「ああ。今日はゆっくり湯船に浸かろう」

ディーンさんはエスコートするように僕の腰を抱き、仮眠室へ続く扉を開けた。


チャポンッと天井から湯船に水滴が落ちた。

「……」

ディーンさんに背中から抱きしめられるように、長い両足の間に収まっている。ひとりサイズの浴槽はふたりで入るにはこの状態になるしかない。

順番に入りましょうと提案したが、風邪をひいてしまうからとあっさり却下された。恥ずかしくてやっぱり出ようとしたが、長い腕が僕のお腹の前で組まれてしまい抜け出せない。

「あの、この体勢はやっぱりちょっと……はなしてもらえませんか」

振り向いて伝えたが、ディーンさんはにっこりと笑うだけで聞き入れてもらえない。

「熱くはないか？」

「ちょうどいいです……」

せっかくのお風呂なのに、密着した格好ではリラックスどころか緊張してしまう。

「あの、ディーンさん」

「どうした、寒いのか？」

耳に吹き込まれた低音にピクリと肩が跳ねる。すると、寒くて震えたと勘違いしたディーンさんはさらにぎゅっと抱きしめ、より背中がくっついた。直接伝わる体温を気にしないようにすればするほど、意識してしまう。

「さ、寒くないです」

「そうか、私は寒い。温めてくれるか」

ディーンさんの表情は見えないまま、低く暖かな声だけが響く。

「どうすれば、いいですか」

「私に身を預けてくれ。緊張しなくていい。大丈夫だ、力を抜いて……」

優しく髪をなでながら囁かれると暗示をかけられたみたいに身体が弛緩していく。できるだけ後ろに注意がいかないよう前を向くと、お湯にディーンさんの長い銀髪が漂っているのが目に入った。

「髪、洗わなくていいんですか」

「あとで」

言いながら両手で二の腕からなでられ、指先まで来ると指を絡められた。右肩に重みを感じて振り向くと、ディーンさんが頭を埋めている。

「リツの身体は温かいな……」

ディーンさんは甘えるように上目遣いで僕をみた。頼もしい彼のそんな表情にときめく気持ちを悟られないようにゆっくりと応える。

「お風呂に、浸かってますから」

「そうだな……」

僕の肩に頭をのせているからか、ディーンさんの声はくぐもって力もない。湯に浸かり、リラックスしたことで、どっと疲れが出たのかも。

「お疲れですか？」

「いや」

「本当に？」

「……少しだけ。今日はリツが紅茶淹れてくれたり、サンドイッチを作ってくれたりしたから平気だ」

言葉が少し子どもっぽくなってる。頭をなでて甘やかしてあげたいけど、手を繋いでいるから叶わない。代わりに髪に頬を寄せる。

「リツ……」

名前を呼ばれ、顔を近づけられる。そのまま口唇（くちびる）が触れそうに……

——ポツンッ。

その瞬間、天井から落ちた水滴がわずかなふたりの隙間に落ちた。

「髪、そろそろ洗いましょうか！」

「……頼む」

離れていく体温が少しだけ残念に感じてしまう。

でも、同じぐらいホッとしている自分がいた。

髪をお互いに洗いあったあと。

「すまない、用意を忘れていて今夜は私のものしかないんだ」

「そうだったんですね」

浴室から出てディーンさんに借りた夜着に着替えたが。

「……ズボンも置いていたと思うが？」

「裾が長くて。上の丈が長いですからズボンは穿かなくても大丈夫ですよ」

足の長さが全然足りない。ディーンさんは長身に加えて腰の位置が高く、スタイルがとてもいい。彼のものを借りると、どうしても裾を引きずってしまう。

「ああ、そうだな……」

ディーンさんの視線が下がった。太ももまで隠れているし、ここにいるのは僕とディーンさんだけだから不作法は許してほしい。

「見苦しいですか？」

「いや、すごくいい」

「え？」

何がいいんだろうと首を傾げると、ディーンさんは咳払いをして視線を逸らしてしまった。やっぱりみっともないのかも。裾を折ってでも下を穿いたほうがいいかと逡巡していると。

「冷えると風邪をひく。早くベッドに入りなさい」

ディーンさんが僕の背中を押して、ベッドに入るように促す。

「ディーンさんはまだ寝ないんですか」

「私のことは気にしなくていい」

「今夜はベッドで寝てください。一緒に寝るのが嫌でしたら、執務室のカウチを貸してください」

「絶対にだめだ」

「なら、一緒に寝ましょう？」

ごはんを食べてお風呂に入り、今朝よりマシになったとはいえ、まだディーンさんの顔色は悪い。今夜は昨日の分もゆっくり眠ってほしくて手を引いてベッドに誘う。

大きなベッドはふたりで寝転がってもびくともしない。右側にディーンさんの体温を感じる。お風呂では緊張したけど、今は人の体温が心地よい。惹き寄せられるように近づくと、子どもを寝かしつけるようにディーンさんが僕の髪をなでた。

「寝物語を聞かせると話していたな。どんな話がいいだろうか」

そう言われて昼間の会話を思い出す。

「そうでしたね。そういえば、ネヤってなんですか」

あのとき気になったことを問うと、ディーンさんの瞳が煌めいた。

「知りたいか？」

「はい？」

不敵な微笑みの理由がわからず生返事をすると、腰にディーンさんの腕が回り抱き起こされる。

さっきお風呂でしたように、ベッドの背もたれに身体を預けたディーンさんの脚の間に収まった。

突然の状況についていけずに振り返ろうとすると、耳に直接甘い声を吹きこまれる。

「閨とは寝室のことだ。つまりベッド内での作法を学ぶことをいう」

ディーンさんのいたずらな手が、時折刺激を加えながら全身を這う。

「我が国の貴族は初等部のころから閨教育を始めるんだ。貴族にとって後継ぎを作ることは重要なことだから、子どものころから時間をかけて学ぶんだ」

「んっ」

際どいところをくすぐられ、自分の声とは思えないほどの甘い声が込み上げてくる。

「多くの家では、座学と人形を使った模擬授業のみで済ませるが、教師が相手役を務めてより実践的に教えるところもある」

文字を綴るように長い指が脇腹をくすぐる。時々掠める爪が肌を引っ掻くたび、腰が跳ね、言葉にならない声が口をつく。

「あ、あ……ふぁ……」

男同士でこんなことを、と否定する気持ちがどこかにある。

しかし、その思いにふたをしてしまいたくなるほど、ディーンさんに与えられる刺激は気持ちよく、身体も心も熱く溶かしていく。

「家を繋ぐための大切な教育と言えるな」

「はぁん……ん、ん……」

きつく目を閉じ粗くなる吐息を堪えると、余計にディーンさんの指の感触が鮮明になった。もう、どうしたらいいかわからない。

「そんな甘い声出して。ちゃんと私の話を聞いてるのか？」

ディーンさんは叱るように口唇で右の耳たぶを喰み、左耳を摘まれ捏ねた。

縋るようにディーンさんの腕にしがみついたが、快楽を与え続ける手は止まらない。意地悪な指に鎖骨を辿られ、首筋を喉元までなであげられ、返事を催促するように閉じきれない口唇を親指が這った。

「ちゃん、と、聞いて、ますからぁ……もう」

「そう。いい子だ。閨教育は大切だ。己の欲に走り大切な相手を傷つけないために、必須の教育でもある」

「ん、んん……あぁ……」

やわやわと弱い耳を中心的に刺激され、声が抑えられなくなっていく。

「や……こぇ、はず、かし……」

甘えるような声が恥ずかしくてたまらない。

「声を抑えるのはよくない。きちんと自分がどう感じているか伝えないと相手にわからないだろう？」

「そん、なぁ……」

「閨では気持ちよくなることが大切だ」

「ひゃあっ」

ぺろりと耳を舐められ、一際高い声が喉を抜ける。

「そして、それ以上に相手を慮りながらこうして刺激を与え、快楽を引き出すことが重要だ」

そう言って耳の穴に舌を入れられた。じゅくじゅく、ずぼずぼと舌で抽送を繰り返され、まるでそこを犯されているかのような錯覚に眩暈がしてしまった。

「みみ、も、やめ……」

「正直に言ってごらん。耳を弄られるの、好きだろう?」

舐められ濡れた耳たぶにふっと息を吹きかけられ、強い快感が背筋を反らす。

「やぁんっ――ん、ぁん……」

耳を這い回る舌の動きに合わせて声が溢れる。

「どんどん声が甘くなってるな。教えてくれ。どうされるのが、気持ちいい?」

「そんなに、なめちゃ……」

「リツは舐められるのが好きなのか、やらしいな」

耳に吐息とともに吹きこまれ、逃れるようにいやいやと首を横に振る。

「そうか。じゃあ、かじられるほうが好きか?」

カリッと耳たぶに歯を立てられた瞬間、甘い痺れが足先まで全身を駆け巡った。下腹部でぐるぐると渦巻いていた熱がその衝撃で解放される。

「あぁん……!!」

喉を痛めそうなほど高い声が出て、下着を濡らした。震える身体を緩く抱かれ、敏感になった耳たぶを愛撫するように甘く食まれる。

「耳を弄られただけでイったのか……。リツはどこまでもかわいいな。それにとても色っぽい」

「ディーンさぁん……」

「洗浄魔法をかけて、もう寝ようか」

僕はディーンさんの手管で熱を解放したけど、彼のは熱いまま脈打っていた。密着した腰に、熱を持ったディーンさんのものが当たっている。

同じ男なのでどれだけ我慢しているのかわかる。すぐ出したいだろうに、僕を優先し気遣ってくれた。優しい提案に流されれ、僕だけ解放されて終わりでいいのかな。

「ディーンさんは」

「……ッ!!」

どうするんですか、と聞こうと動いたのがまずかった。僕が振り向いたせいで腰が動き、思いがけず猛ったディーンさんのものを刺激してしまったようだ。

「リツ……」

恨みがましい目で腰を掴まれ、ディーンさんの陰茎が僕のものに押しつけられる。

服越しに感じる熱に僕のものが震える。自分についているものと同じだとは思えないほどの存在感に圧倒され、腰を浮かせようとしたが許されなかった。

「わ、わざとじゃないです……」

誤解を解こうとディーンさんを見上げる。

「嘘つき。リツがやらしい腰で私を誘うから、すっかりその気になった」

さっきまでのこちらを気遣うような優しさは影をひそめ、艶やかな色気が溢れていた。見下ろされる蒼い瞳は妖しく光り、濡れた口唇（くちびる）は弧を描いている。

近づく美しい瞳に固まっていると、すっと背筋をなでられ、ぴくんと腰が跳ねてしまう。

「そっ、そんなこと……」

してない。誘ってなんてない。ディーンさんもわかってるはずなのに。

濡れた太ももをディーンさんの手が這う。くすぐったさに身を捩ると、その手は内側へ潜りこんでくる。

僕が出したもので汚れるのも厭（いと）わず、ディーンさんは足の付け根にほど近い、内ももの柔らかな部分をなで回し、下着を取った。濡れた感触が気持ち悪かったのでかまわないけど、どうして今脱がされたのかがわからない。

「ディーンさん……あ……んん……」

名前を呼ぶと、内ももをやわやわと捏ねるように揉まれた。

「リツ。ここ、貸してくれるか」

「……貸すって？」

「リツの太ももに包まれたい。だめか？」

挿れる代わりに太ももでってこと？　そんな恥ずかしいこと……

きっと本気で拒めば笑って解放してくれる。でも。

身を捩ってディーンさんを見ると、彼は眉根を寄せて押し寄せる快感に耐えていた。こんな顔を見たら断れない。それに求められてうれしい気持ちもたしかにある。

「だめじゃ、ない……です……」

震える声でそれだけ伝え、手を伸ばすとぎゅっと抱きしめられた。いつもより高い体温と速い鼓動が重なる。

「リツ」

お礼のように髪にキスされた。そのまま熱い口唇(くちびる)は目元を経て頬へ落ちる。口唇(くちびる)が重なる寸前に小さな声で尋ねる。

「あの、ぼくは、どうしたら……？」

「四つん這いになって、足を閉じて」

ディーンさんは少し残念そうにしながらも、すぐに笑みを浮かべた。

言われた通りディーンさんに背を向け、手と膝をベッドにつく。両足をくっつけると、顔だけうしろを振り返った。

「こんな、感じですか？」

「あぁ、いい眺めだ」

眺め……？　ズボンも穿かず、下着も取られてしまったため、ディーンさんにはお尻から脚まですべて見られている。かなり恥ずかしい。

パジャマの裾(すそ)を引っ張り隠そうと手を伸ばしたが、すぐにディーンさんから苦情が来る。

「だめだ。手を退けて、かわいいお尻を見せてくれ」

「いや……」

ぎゅっと裾を握った手が優しく包まれる。

「今夜は見るだけにしておくから。な?」

「恥ずかしぃ……」

懇願は聞き入れられず、解くように手を払われ裾を捲られてしまう。

「大丈夫だ。すごくかわいい」

全然大丈夫じゃない。ディーンさんの視線が近くなる。いたたまれずにもぞもぞと脚を動かすと、双丘をやんわりと掴まれた。感触を楽しむように、揉んだりなでたりを繰り返される。

「ぁ……」

その大きな手は次第に大胆になり、思うままに揉みしだかれる。鈍い刺激の連続に応えるように腰が揺れてしまう。

「あ、あ、やぁ……」

「やっぱり、なでてもいいか」

「だめ……」

もう触ってるくせにそんなこと聞くなんて。

頭を振って抗議すると、ディーンさんの手は薄く滑るように肌を這った。そのくすぐったさに背が反る。

「んーーッ」

いつまでも決定打にならない程度の刺激を与えられ続けだんだんと頭がぼやけていく。熱が再び下腹部に集まり始め、なで回す手に合わせて揺れ動く腰が止まらない。

「リツ、お願いだ。触りたい」

ちゅっと音を立ててこめかみに口づけられ、再度ねだられる。早くこの緩やかな快感から解放されたい一心でうなずいた。

「な、なでるだけ、なら」

「ありがとう」

許可した途端に意地悪な両手は双丘を開き、割れ目の際どいところまで割られた。

約束と違う。誰にも、自分自身さえ見たことのない深部を晒され、触れられる羞恥に涙が滲む。

「あ、あ、あぁ……！」

割れ目付近を指が掠める(かす)たびに、得体の知れない恐怖と期待で身体に力が入った。

「触り心地がよすぎるな。ずっとこうしていたい……」

「揉んじゃ、やだぁ」

柔らかくなでられたり力を入れて揉まれたり、不規則な刺激にとうとう根をあげた。しかし、ディーンさんは止まってくれない。

「なでてるだけだ」

「うそ……」

しれっと嘯く(うそぶ)ディーンさんを咎める(とが)が。

「本当だ」

なんて楽しそうに惚けるだけで通じない。ディーンさんの吐息がお尻にかかった直後、ぺろりと熱く濡れた感触がした。これってまさか——

「舐めっ……⁉」

衝撃に固まっていると、長い舌は好き勝手に双丘を這う。

「いや、舌でなでてるだけだ」

「やだ、やだぁ……そんなとこ、舐めないで」

ぺろぺろ、ちゅっちゅっと水音を立ててお尻を弄ばれる。

ディーンさんの予想外の行動に頭がついていかない。器用に動き回る熱い舌から与えられる快感を拾い、ただ喘ぐことしかできないでいると、足の付け根近くを吸い上げられ、ぎゅっと太ももに力が入った。

「あ、もう、やめ……」

「腰を振るほど舐められて気持ちよいのか。本当にかわいいな、リツは」

「……ちが、う……あ、ん、あぁ……」

「違わない」

本当はディーンさんの言う通り。気持ちよくて仕方ない。このままずっと刺激を続けられたらどうにかなってしまいそう。

もう早く終わらせてほしい。そう思って首だけ振り返り、ディーンさんに請う。

「ね、もう、して……？　早く」

このずっと続く快楽から一刻も早く解放してほしい。声にならない思いを涙で潤む目で伝えると、ディーンさんの空気が変わった。

「凶悪だな」

「え？」

「太ももを締めて」

言葉に従い脚を合わせると、なんの予告もなくディーンさんの陰茎が突き入れられた。僕のものと擦れ、一番の快感が駆け巡る。

「や、ひゃあ……！」

「リツが出したものでぬるついて気持ちいい」

「いわないで……ゃあん、ん」

緩急をつけて繰り返される抽送からもたらされる刺激に声が止まらない。

「あん、ん、はぁ……あぁんんっ」

「リツのまた勃ってる」

指摘されなくてもわかってる。ディーンさんのが擦れるたび、僕のものも追い上げられていた。

「だって……はぁ……あぁんっ」

「お尻を舐められて気持ちよくなったのか」

意地悪な言葉ひとつも快感に変わる。

「……ちが……ぁあん、ん、んん」

「では、揉まれて？」

もう言葉がまともに出なくて、ふるふると首を横に振ることしかできない。

「太ももに擦りつけられるのが好きなのか」

大きく腰を使われ、抽送の角度が変わる。今まであたっていなかったところにもディーンさんの猛ったものが触れ、新たな快感が引きずり出された。

「ぁ、ぁ、ああ……んん、ふぁあ」

「かわいい。いつかここにも挿れさせてくれ……」

そう言ってディーンさんはお尻の間にある窄まりに先走りで濡れた怒張を滑らせた。ディーンさんの先端が後孔を掠める。

挿れるって、ここに⁉　どういうこと？

混乱する僕を放って、ディーンさんは腰を速める。僕はもうされるがまま、ただただ揺さぶられ続けた。

「あ、あ、あぁ……」

「そろそろ、か……」

唸るような低い声は限界が近いことを知らせる。内ももの間で脈打つ屹立は今にも弾けそうだ。

「んぁ……ん、ん、んッ」

「一緒に気持ちよくなろう、リツ」

背中にピッタリと身体を重ねたディーンさんは耳たぶを甘噛みし、熱くなった僕の中心を握る。上下に擦られ熱を集めると、先端を指で押し潰され極限まで高まった。

「ぁああ!!」

「――ッ」

意識が飛びそうなほどの快感に全身を震わせる。そして、ディーンさんの手を汚すと同時に下肢に熱い液体が散った。

「リツ……リツ……」

名残(なごり)惜しむように吐き出したあともディーンさんは、熱に浮かされたように僕の名前を呼びながら二、三度と抽送を繰り返した。

「はぁ……んぁ……ディーンさん……もう……」

事後の気怠さの中に続く甘やかな刺激にこれ以上は無理だと訴えた。

「リツ……」

そんな甘えるように見つめられても、もう僕のキャパシティをとっくに超えてる。

「今夜はもう、寝ましょう。ね?」

そうお願いするとやっと解放された。ディーンさんは物足りなさそうに内ももをなでながらも、魔法をかけてきれいにしてくれる。

「ありがとうございます」

「礼はいい。その代わり、抱きしめて寝てもいいか」

情欲のないただ甘やかな瞳にこくりとうなずくと、そっと抱き寄せられた。髪をなでる手つきも優しい。温かな体温と規則正しい鼓動に睡魔が襲ってくる。

ディーンさんの腕の中で僕はゆっくりと目を閉じた。

「おやすみ、リツ」

第六章　とろけそうなはちみつレモンティーと思い出のホットケーキ

眩しい光が差し込み、僕はシーツに潜りこむ。

「んん……」

「起きたのか？」

「……んー」

「リツ？」

ディーンさんが楽しそうに名前を呼び、目を閉じたまま起きられない僕の背を優しくなでる。温かい手の感触が気持ちよくてもう一度眠りに落ちそうだ。

「リツ……顔が見たい」

ディーンさんにゆっくりとシーツを剥ぎ取られ目を開けると、蒼い瞳が真横で僕を見つめていた。

「ディーンさん、おはようございます……」

夢うつつのせいか、自分の声が掠れて聞こえる。

「おはよう。まだ眠い？」

「眠いっていうか、まだふわふわしてて」

「昨夜は疲れさせたから、そのせいか」

「ゆうべ……？　……あ」

瞬間、頭がスッとクリアになる。脳裏に昨夜の痴態が蘇る。僕はディーンさんと……あんなことをしたのは初めてだった。流されるままに始まった行為だったけど、全然嫌な気はしなかったし、思い出してもみても後悔はしていない。ひたすら恥ずかしかったが。

それはきっと相手がディーンさんだったからだと思う。ただどうしてディーンさんに許してしまえたのか、まだ僕の中ではっきりしない。

「リツ」

頬をなでられ、思わず顔を上げると妖しく光る瞳と目が合う。

この目はまずい、ともう一度シーツに潜ろうとしたけど、ディーンさんが許してくれなかった。

昨夜、散々好き勝手に動いた手がまた僕の背に伸びる。背骨を辿るように上からなでられて、声が出た。

「んっ」

身を捩ってもいたずらな手は止まらない。お尻までたどり着き、さすがにディーンさんの腕を掴んで咎めた。

「これ以上はだめです」

「どうして？」

「どうして、って……んんっ」

掴んでないほうの手でお尻を鷲掴みにされ、やわやわと揉まれた。途端に力が入らなくなり、ディーンさんを掴んでいた手は縋るように添えるだけになる。

「リツ?」

意地悪な視線は僕の兆した中心を見た。昨日、二度も出したのに……自分自身に裏切られた気持ちだ。

皮膚の薄い首筋に口づけるように口唇(くちびる)が這っていく。時折湿った感触がするのは、わずかに開いた口唇(くちびる)から舌が覗いているからだろう。この舌に昨夜、どれだけ翻弄されたか。これ以上、流されるわけにはいかないと、首を振る。

「だめ……だめです」

「気持ちよくするだけだから」

「でも……」

ねだるような、甘えるような声音に拒む声は弱くなる。

「一緒に気持ちよくなろう?」

そういって覆い被るディーンさんは、その大きなものと僕のものをピタリと重ねた。ディーンさんのものもすでに熱く猛り、震える僕自身を逃さないとばかりに伸しかかってくる。重なったまま上下に動かれると、直接的な快感に抗うすべはない。

「うんっ……」

ゆるゆると腰を揺らされるたび、掠れた嬌声があがる。甘えたような声はもう自分では止められない。

「あぁん……ん、ん、んん」

「かわいい、リツ」

火照る頬に口づけられ、甘い刺激に跳ねる胸に手を置かれる。どうしてそんなところに？　と目で問うと、胸の尖りを摘まれた。その瞬間、ピリッとした痛みと強い快感に肩が震える。

「やぁ……！」

「リツはここも感じるんだな……」

驚きと感心がこもった声だった。胸元にディーンさんの視線を強く感じる。僕の反応を探るように摘んだ尖りを今度は押しつぶされ、下腹部の熱が弾けそうになった。

「いやっ……ここは、やめてください……おねが、い」

未知の刺激が怖くなり、ディーンさんの手を掴んで首を振る。ここは本当にだめ。僕の本気が伝わったのか、ディーンさんの指は離れていった。

「わかった。ここは、今度にしよう」

真顔が怖い。今度、何をされるんだろう。ディーンさんのきれいな手で、何を。

「そんな期待するような目で見るな……今すぐしたくなる」

ディーンさんは最後の言葉を耳もとで艶っぽく囁き、そのまま耳を噛んだ。

「んぁ！」

「今はこっちに集中しよう。リツも一緒に、な？」

手を掴まれたまま下肢に導かれ、ふたり分のものを握らされる。上下にしごかれ、熱が重く高まっていく。

「あ……んん」

ディーンさんの手が離れても、もう動きを止めることはできなかった。技術も何もなく、ただ本能のまま解放を求めて動かし続ける。

「あ、あ、んん、きもち、ぃ……ディーン、さぁん……」

「私も気持ちいい」

「も、いきたい……」

決定的な刺激が欲しくてディーンさんを見ると、噛みつくように首筋へ口づけられた。

「あぁ、あと少し……。名前を呼んで、リツ」

「ディーン、さん……も、いく!! ——……ぁんッ」

名前を呼ぶのを合図に先端の弱いところを引っ掻くように弾かれ、溜まった熱が噴き出した。上に重なったディーンさんは僕のものが弾けた衝撃で解放されたらしく、ふたり分の白濁に手を濡らされる。余韻に呆然としながら手を見つめていると。

「洗浄魔法をかける。じっとして」

ディーンさんの手がかすかに触れ、白濁にまみれた手は洗ったようにきれいになった。

目を閉じ、身体の力を抜いて息を整える。

——また流されてしまった……

ディーンさんに触られると、どうしても拒めない。制止はしてもどこか本気じゃない。きっとそれがディーンさんにも伝わっている。

ディーンさんは、僕のことをどう思ってるんだろう？　どうして、こんな恋人にするみたいに触れるんだろう？　答えが怖くて、聞けなかった……


遠くから言い争う声が聞こえて目が覚めた。

カーテンの隙間からこぼれる光はもうかなり強い。何時だろう、とぼんやりする頭を揺らしながら起き上がると、背中と腰に鈍い痛みを感じた。かまどを組んだり、パンを捏ねたりしたせいかな。固まった筋肉をほぐすようになでていると、バンッと音を立てて執務室へ続くドアが開かれた。

「大丈夫、リッちゃん!!」

「シッ……ゴホゴホ」

シエラさんと呼びかけようとしたが咳きこんだ。喉が痛くて声が出ない。

「リッツ」

空咳を繰り返す僕のそばに飛んできたのは、ディーンさんだった。背中をなでながら、水の入ったグラスを口元に近づけてくれる。

「ゆっくり飲みなさい」

少しずつ飲むと喉が潤い、痛みが緩和された。

「……ありがとう、ございます……」

出てきた声は掠(かす)れていた。喉を触ると少し熱い。風邪でもひいたかな、と考えているとディーンさんに抱き寄せられた。

「無理に話さなくていい。たくさん声を出させてしまったから、炎症を起こしているかもしれない」

声を出させてしまった……？　あ。これって、あのときのことが原因なのか……

自覚すると急に恥ずかしくなって、ディーンさんから離れようともがく。しかし、腰にまた痛みが走って動きを止めた。

「リツ、腰が痛むのか」

コクンとうなずくと、ディーンさんは心配そうな、でも少しだけうれしそうな顔をして僕の腰をさすり始めた。

「無理をさせてすまなかった。次はもっとリツに負担がかからないようにしよう」

この腰痛の原因もディーンさんとの、行為のせいってこと?

かまど作成や久しぶりのパン作りのせいもあると思うけど……でも、たしかに緊張して変に力が入ったり、普段しない四つん這いになったりしたからかもしれない。

ますます恥ずかしくなって今度こそ離れようとしたが、逆に抱きこまれてしまう。力強い腕に抱かれ、逃げ出すことができず僕は両手で顔を覆った。

「そろそろいいかしらぁ？」

シエラさんの声に顔を上げると、怖いくらいきれいな笑顔でこちらを見ていた。

「シエラ、まだいたのか」

「リッちゃんが落ち着くのを待ってたのよ。まったくいつまでいちゃついてるつもり？　宰相閣下はさっさと仕事に戻りなさい」

ディーンさん、お仕事中だったのか。

僕もディーンさんの食事の準備をしなければ、と慌ててベッドを出ようとする。そのとき、意図を察したらしいディーンさんからストップがかかる。

「今日はこのまま休んでかまわない。私の食事はリツが昨日焼いてくれたパンが残っているから大丈夫だ。リツの分も食べられそうなら持ってくるが、どうだ？」

心配そうに覗きこまれるが、ただ首を横に振る。喉の痛みもあるけど、精神的にも今日はごはんを食べられそうにない。

「わかった。あとで紅茶だけ持ってこよう。私は隣にいるから何かあればいつでもおいで」

ディーンさんはそう言うと僕の頬にキスをして、大人しく執務室に戻っていった。冷ややかな視線で見送ったシエラさんはベッドに近づいてくる。

「顔色は悪くなさそうだけど、身体が怠そうね。まあ、原因の大部分はあの男のせいでしょうけど」

そう言って執務室のほうを睨む。どうやらシエラさんには、あの行為のことがバレてしまっているらしい。

僕は恥ずかしくていたたまれず思わず目を逸らす。ディーンさんだけが悪いわけじゃない。断りきれなかったし、途中からねだってしまった僕にも責任はある。

「縛られた跡もないし。その様子だと無理矢理挿れられたわけじゃなさそうね」

とんでもない誤解にコクコクとうなずく。

大体、挿れるってどこへ？　首を傾げているとシエラさんはコホンと咳払いをした。

「もしかして、リッちゃん。男同士がどこで繋がるのか、知らないのかしら？」

「――!?」

「リッちゃんがそういう知識に疎いのか、異世界にはない知識なのかわからないけど、男同士でも挿れることはできるのよ」

それは多分前者。そういう知識には疎いほうだ。友人同士でもそっち方面の話題はしなかったし、家には妹もいたから弟とも気軽に話せる環境ではなかった。ましてや、男同士のそういうことは想像したこともない。

「……」

「知りたい？」

シエラさんの目がいたずらっぽく笑った。知りたいかどうかというより、知っておいたほうがいい気がして続きを待つ。

「男同士の場合はね、うしろを使うの」

うしろって……

『かわいい、いつか、ここにも挿れさせてくれ……』

脳裏にディーンさんの言葉が蘇る。あのとき、たしかディーンさんのものは……

「お尻の……」

「正解。もしかして触られた？」

触られたっていうか擦りつけられた……？　接触はあったけれど手ではないし、触られたっていうのかな？

「ごめんなさい、言わなくていいわ」

あんなところにディーンさんのが入るのかな。そもそもディーンさんは本当に僕としたいのか？　いや、でも、どうして？　そういうことはしたいけれど相手がいないからとかかな？　あれだけかっこよくて優しかったら、引く手数多な気がするけど。それに。

――恋人とかいないのかな。貴族なら婚約者とか。

「リッちゃん」

「……」

「リッちゃん？」

「あ、すみません……！」

つい考えこんでしまい、シエラさんの呼びかけでようやく我に返る。

「リッちゃん。何を思いつめてたの。話なら聞くわよ？」

優しくそう言ってくれるけど、相談してもいいのかな。

ふたりは軽口を叩き合ってるけれどディーンさんはシエラさんの上司だ。こんなプライベートなことを話してしまってもいいのだろうか。昨日のことは、すでにバレてしまっているようだけど……

「私には相談しづらいかしら？」

僕は首を横に振る。なんて言えばいいんだろう。

「悩んでいるときって口にするだけでも心が整理できるわよ」

今一番の悩みはディーンさんの気持ち。無知な僕へのからかいが過ぎたのか、溜まっていた欲求を手近で解消したかったのか。

……それとも、恋人みたいに抱きたいと思って愛情をかけられたのか。

「ディーンさんは、僕のことをどう思ってるんでしょうか……」

「え、そこなの!?」

「え？」

「だって、あなたたち最後まではしてないみたいだけど、寝たのよね？」

「な、成り行きで……」

雰囲気に流されて気がついたら、そういうことになっていたとしか言えない。

「リッちゃん、ちょろいって言われない？」

ちょろい？　僕ってちょろいのかな。あまり言われたことはないし、いまいちピンとこない。

「ごめんなさい、リッちゃんは悪くない。そうよ、あなたはちっとも悪くないわ！　リッちゃんのちょろさ……いえ、優しさと世間知らずなところにつけこんだ、あの男が全ッ部悪いわ！　許せないわね」

シエラさんが腕を組んで憤慨している。シエラさんの中で僕が一方的な被害者で、ディーンさんが極悪非道みたいな感じになってる。

「あの、ち、違います。ディーンさんは悪くないです。ちょっと強引な気もしますけど、無理やりされたわけじゃないですし。嫌なことも本気でやめてって言ったことは、ちゃんと止めてくれましたのでッ……ッケホ」

一気に喋ったせいでまた咳が出てしまった。肝心なところで情けない。

「リッちゃんの言いたいことは伝わったわ。……ちなみに。そのやめてって何を止めたの？」

「……胸を、触らないでって」

恥ずかしさを殺して告げると、シエラさんはなんとも言えない表情を浮かべた。どうせならと気になっていたことも聞いてみる。

「あ、あの、胸を触ったり、お尻をその……舐めたりって普通にすることですか。僕、すごく恥ずかしくて……」

僕の質問にシエラさんはこめかみを押さえて、小さく首を振った。

「……どうかしら？」

「レオナルドさんにそういうこと、されますか」

「はあ⁉ なんでレオのこと……ってアイツが昨日の護衛だったわね」

恋人の名前を出すと、シエラさんはらしくなく顎が外れそうなほど口を開いた。そんなに驚くようなことだったかな。

「まあ、いいわ。私もいろいろ聞いちゃったし。そうねぇ、レオは胸を舐めることはあっても、お尻を舐めたことはないわ。それが普通かどうかはちょっとわからないけど」

レオナルドさん、胸を舐めるの⁉　もしかしてディーンさんも舐めたかったとか？　でも、触れただけでもあんなふうになるのに、舐められたりしたら……

想像力の限界に頭がくらくらしてくる。そんな僕にシエラさんは苦笑した。

「リッちゃんがいやなら、私からやめるよう言ってあげるわよ？」

「いえ、シエラさんの手を煩わせるほどいやではないですけど……その、声とか出てしまって……」

今思い出しても恥ずかしい。頬が赤くなっているのを感じて、なんとなく座りが悪くもぞもぞと足を動かす。

そんな僕を見たシエラさんは長い長いため息をついた。

「……リッちゃん。こういう話、絶対に私以外としちゃだめよ？」

「え、はい？　どうしてですか？」

突然の真面目な声音に戸惑ったが、シエラさんの目は本気だった。

「どうしてもよ。いいわね？」

その迫力に負け、こくこくとうなずく。こんなことを相談できる相手はほかにいないし、難しい約束じゃない。なぜかシエラさんに釘を刺されていると、執務室へ続くドアがノックされた。

「リツ。少しいいか」

顔を覗かせたのはディーンさんだった。片手にトレーを持っている。シエラさんのお陰で話題が逸れたけれど、さっきまで際どいことを話していたせいでちょっと気まずい。

「は、はい！　大丈夫です」

「すまないな」

ここはディーンさんの部屋だから、そんなに気を遣ってもらわなくても大丈夫だけど、その心遣いがうれしくもある。

「紅茶を持ってきた。薄く切ったレモンとはちみつもある。昨日、はちみつを入れたものが好きだと言ってただろう？」

「ありがとうございます。覚えててくれたんですね」

ディーンさんはサイドチェストにトレーを置くと、レモンで香りをつけはちみつを入れてくれた。

「リツのことならなんでも知りたいし、覚えていたいからな。熱いから気をつけて」

はちみつよりも甘くとろけそうな声でそんなことを囁かれ、顔が熱くなる。

……なんでも知りたいって何を？

はちみつが溶けた紅茶を見つめながら真意を考えても答えは出ない。ちらりとディーンさんに視線を送ると、慈愛のこもった瞳とぶつかる。その視線の甘さにいたたまれず、僕は目を逸らしながら紅茶を飲んで心を落ち着けた。

「……はちみつって喉にいいんですよ」

「そうなのか。なら、もっと入れるか？」

大振りのスプーンではちみつをすくってみせる。その姿が妙にかわいくて笑いがこぼれた。

「うれしいですけど、もう十分ですよ」

「わかった。シエラもどうだ？」

「まぁ、宰相閣下自ら入れてくれるなんて素敵。喜んでいただきますわ」

シエラさんが抑揚のない冷たい声でディーンさんに返事をする。

「……何を怒っている」

「リッちゃんにはちみつが必要な理由よ」

そう言ってシエラさんは紅茶をすすった。ディーンさんは今日初めて眉間に皺を寄せ、シエラさんを見てから瞳を閉じる。

「……無理をさせたとは思っている」

「そうね。無理もさせたみたいだけど、もっと根本的な問題を言っているの。……わかってるでしょ？　でも、ここから先は私が口を出すことじゃないから黙っておくことにするわ」

「そうしてくれ」

深いため息とともにディーンさんはうなずいた。

きっと当事者は僕なんだろう。けれどふたりとも何も語るつもりはないのか、こちらに視線を向けることはなかった。

「リッちゃんを傷つけたら許さないわ。……まぁ、でもあなたも相談したくなったらいつでも来て」

「……」

シエラさんの優しさにディーンさんは何も答えない。シエラさんはそんなディーンさんから目を逸らすことなく、言葉を重ねた。

「暴走して突っ走る前に、よ。いいわね？」

「……わかった」

やっと了承したディーンさんに満足したように、シエラさんは笑って立ち上がる。

「じゃあ、私はこれで戻るわ。紅茶ごちそうさま。リッちゃん、調子が悪くなったらすぐにこの男に言うのよ。飛んでくるから」

「ありがとうございます、シエラさん」

「宰相閣下、今夜ぐらいは大人しく寝るのよ。なんなら絵本を貸し出すから、リッちゃんに読んでもらいなさい」

シエラさんは釘を刺すことも忘れない。

絵本か。いいかもしれない。せっかく字が読めることがわかったことだし。

「結構だ」

「僕はお借りしたいです。読み聞かせ、結構うまいんですよ」

ディーンさんとの僕の発言のタイミングが重なる。

「ですって。よかったわね。リッちゃん、私のおすすめの本、あとで誰かに持ってこさせるわ」

「楽しみにしています」

シエラさんはディーンさんの意思をまるっきり無視して返事をすると、バイバーイと手を振りながら医務室へ戻っていった。

夜、ベッドのヘッドボードにもたれながら、シエラさんから届いた絵本――『建国物語』を手に取る。

昨日、ディーンさんに借りた本の絵本バージョンらしい。

表紙を開くと、隣に座ったディーンさんに閉じられてしまった。

「ディーンさん？」

「絵本よりもリツの話を聞きたい」

頬をなでられ、額に口づけられる。そのとても自然なキスは羞恥よりも安堵感を覚えた。

「僕のですか。どんな話にしましょうか」

「なんでもいい」

「それが一番困るんですよ？」

「すまない……」

茶化して言うと、真剣に受け取ったらしいディーンさんの眉尻が下がった。

「僕こそごめんなさい。僕のいた国の常套句みたいなものなんです。親が子どもに今日は何が食べたいって聞いて、なんでもいいって答えると、それが一番困るのよって返すんです。僕もよく妹たちに言ってました」

思い出して懐かしさが込み上げる。

妹たちは今、どうしているかな。僕がいなくなったことに気づいているだろうか。

弟妹を思い出してしんみりする僕の頬にディーンさんのキスが落ちる。昨夜みたいな艶めいたものではなく、慈愛に満ちた行為に寂しさが少し和らいでいく。

「リツには妹がいるんだったな」

「はい、弟と妹がひとりずつ。両親はとても忙しい人で、仕事でよく家を空けていたんです。なので、僕がお菓子やごはんを作ってたんです」

「リツの手料理を？　それはうらやましいな。私もリツの作ってくれる料理で育ちたかった」

僕がふふっと笑うと、ディーンさんは真顔で冗談を言う。

「本気なんだが」

切なさを含んだつぶやきに目を瞬くと、座ったまま抱き上げられ、向かい合うようにディーンさんの膝へ降ろされた。そのままディーンさんは僕に甘えるように抱きつき、顔を埋めるように首筋へ口唇を寄せた。

僕がされるがままになっているのは、ディーンさんの表情も手つきもまるで子どもが甘えるようなものだったから。僕を慰めようとしてくれているのか、それとも――

ディーンさんの生い立ちや家族のことはまったく知らない。でもさっきのセリフや表情から推測するに、あまり楽しい幼少期じゃなかったのだろう。

「僕も小さいディーンさんにおやつ作りたかったな」

「どんなものを作ってたんだ？」

梳くように髪をなでられながら、昔を思い出す。

「そうですね……。よく作ってたのはホットケーキです。おやつなんですけど、結構ボリュームがあって、お昼ごはん代わりにしてました」

「ホットケーキ?」

「はい。見た目は……平べったいパンみたいなんですけど、柔らかくて甘くてふわふわしてるんです」

身振りを交えて説明すると、ディーンさんは興味深そうにうなずいた。

「それはおいしそうだ」

「明日、作りましょうか」

「いいのか?」

僕の提案にディーンさんの瞳がうれしそうに輝く。

「材料はほとんどパンと変わらないんです」

「楽しみができた。なら今日は大人しく寝ることにしよう」

物語の騎士がお姫様にするように、ディーンさんが僕の手の甲に忠誠を贈る。

「大人しく……」

「ご不満かな?」

取られた手をそのまま握りこまれ、耳たぶを食まれる。さっきまでの穏やかな触れ合いとは違う、艶めいた動きに身体の奥が熱を灯す。

ちゅっちゅっとわざとリップ音を立てられ、背筋がぞくぞくした。耳からの刺激に腰が甘く痺れる。快感を覚えそうになるのを抑え、緩く回された腕を振り払ってディーンさんの腕を抜け出し、シーツに潜りこんだ。

「大人しく寝ます！　おやすみなさい！」

「おやすみ」

楽しそうに笑うディーンさんの声が部屋に響いた。

「今日はホットケーキを作ろうと思います」

翌朝、ディーンさんの執務室へ迎えに来てくれたリアンくんとレオナルドさんにそう宣言すると、ふたりはキョトンとした顔を見合わせた。

「リツ様、ホットケーキとはなんですか？」

リアンくんが不思議そうな表情で首を傾げ、僕を見上げる。昨夜、ディーンさんにしたのと同じように説明をするが、やっぱりよくわからないと言われた。

「パンより短時間でできるので、とりあえず作ってみましょう。うまくいけば、午前のお茶に間に合いますよ」

「お茶の時間にパンを食べるんですか？　食事をするということですか？」

リアンくんの疑問にそう言われて、日本でのホットケーキの扱いを思い出す。妹たちにはおやつとして小さいホットケーキを作っていたけど、朝食やブランチとして食べる人もたくさんいた。

「食事としてもお菓子としても食べることがあるんだ。お茶の時間に食べるときはおやつかな。うーん？　……ごめんね、僕もわからない」

「なるほど……」

リアンくんは神妙な顔でうなずいてくれたけど、きっと難しいだろう。

「パンも並行して作るから今日はちょっと忙しいかも。ただ、かまどはできてるし、この前の作業で要領は掴んだから、大丈夫だと思います。おふたりともお手伝いお願いしますね」

「もちろんです。それで、今日もこの前のように焼いたベーコンをはさんだパンを作られますか」

レオナルドさんから探るような視線を向けられた。

ＢＬＴサンドのことだろう。そんなにおいしかったのかな。肉を使うし結構なボリュームだから、騎士の食事として合っていたのかもしれない。

あれを気に入ってくれたなら、ホットドッグとかハンバーガーも好みじゃないかな。ソーセージはハードルが高いけど、パテならなんとかなりそう。

「気に入ってもらえたんですか？　それならまた作りますよ。それに、ほかのバリエーションもあるので……」

「そちらもぜひ！」

レオナルドさんに提案すると、食い気味に懇願された。

「わかりました。いろいろ作りますね」

「ありがとうございます！　絶対ですよ！」

「はい！」

つくった料理を喜んでもらえるのはやっぱりうれしい。

「そういえば、シエラが何冊か絵本をお持ちしたと聞きました。もう何か読まれましたか」

念押ししたレオナルドさんは僕がうなずいたのを見て安心したのか、話題を変える。

「いえ、実はそれがまだなんです。昨夜はディーンさんと話しこんでしまいまして」

「おや、そうですか？　それにしては、今日はお元気そうですが……」

レオナルドさんが僕を上から下まで観察するように見た。

何を言わんとしているのかを察して、思わず頬が火照る。シエラさんとレオナルドさんには相談にのってもらっているので、ディーンさんとのことが知られるのはかまわないけれど、こんなふうにあからさまな態度は恥ずかしいから遠慮してほしい。

「普通に話をしただけです……」

リアンくんの前でやめてください、と小声でレオナルドさんを窘める。

「それは失礼しました」

全然そんなふうに思ってないトーンでにっこりと笑って謝罪された。

「今夜はちゃんと建国物語を読もうと思ってます」

「ほう、あの話ですか」

建国物語と口にしたとき、レオナルドさんの目が細くなった。あの話に何か思うところがあるのかな。

「建国物語がどうかしたんですか？」

「リツ様はこの国の成り立ちをご存じですか？」

「はい。ディーンさんにお借りして建国史をざっと読みました」

妖精の国から来た黒髪黒目のリオと初代国王が協力して、民を長年苦しめていた魔物を倒したことがきっかけだったはず。

「どう思われました？」

「どうとは？」

「夢物語のように思われませんでした？」

とても異世界らしい、ファンタジックな話だとは思った。けれど、それは魔法のない世界から来た僕が思うことで、この世界では突飛な話でもないと思っている。

「妖精と初代国王が魔物を倒して国を興したというのは、作り話なんですか？」

「いいえ。正史として伝わっていますよ」

僕の問いかけにレオナルドさんは静かに首を横に振った。僕たちの会話をリアンくんも不思議そうに聞いている。当たり前に信じられている話なんだろう。

「どうして夢物語なんて」

「正史が真実とは限りませんし、たとえ真実であったとしても勝者の独善的で一方的な見方に過ぎない——という考え方もできると思いまして。強大な魔物にだって正義や言い分もあったかもしれませんよ」

そんなことを滔々と語るレオナルドさんの顔に、いつもの王子様然としたにこやかさはない。碧眼の奥には魔物のような鋭さまである。

――一体、何を僕に伝えたいんだろう……レオナルドさんの言うことがわからない訳ではない。歴史上の出来事は見る立場によっていくらでも真実が存在する。特に争い事はそうだ。でも、それは人間同士の話で、魔物相手のことではない。レオナルドさんがこの話を始めた意図はなんだろう。

「魔物の正義ですか……」

「すみません、こんな詮無い話をしてしまって。今日もまずは騎士団の食糧庫でよろしいですか？」

レオナルドさんは固く閉まった執務室の扉をチラリと見た。その冷めたような瞳の意味がわからず、僕の記憶に深く残ったのだった。

それから騎士団の食糧庫でパンの材料とホットケーキに必要な材料を分けてもらい、かまど近くに置いたままの作業台へやってきた。パン生地は発酵に時間がかかるので先に作っておき、リアンくんに温室へ持っていってもらう。

残った僕とレオナルドさんでホットケーキの生地作りだ。

と言っても、すごく簡単。魔法鍋に小麦粉、砂糖、卵を入れて混ぜる。そこに人肌くらいに温めたドライイーストを加えた牛乳と溶かしたバターも加えた。

溶かしバターの濃厚な香りに誘われ、つい味見をしたくなるけど、そこはぐっと我慢。

「たまらなくいいにおいですね」

レオナルドさんも同じことを思ったのか、じっと魔法鍋を見つめている。

「焼くともっといい香りがしますよ」

「このまま食べてもおいしそうですが？」

「焼かないとお腹を壊しちゃいますから」

レオナルドさんにも物欲しそうに見られたが、鍋を隠すようにかばった。意外と食いしん坊な人なので目を離した隙につまみ食いされかねない。

「……味見だけでも」

「だめです」

きっぱり言い切るとやっと諦めてくれた。いつもは頼りになる護衛さんなのに食べ物が絡むとどうしてこうなるんだろう。不思議だ。

生地を落ち着かせている間にリアンくんも戻ってきた。

「おかえり。気温、どうだった？」

「一昨日と同じくらいでしたので、同じ場所に置きました」

「ありがとう。こっちももう少しで準備が終わるよ。あとは、この生地をしばらく休ませるだけ」

「トロトロですね。こちらも温室で発酵させるのですか？」

不思議そうに魔法鍋を覗きこむリアンくんに、首を横に振る。

「ううん。これはこのまま置いてて大丈夫。埃(ほこり)が入らないようにハンカチだけかけておくくらい」

「それだけでいいのですね」

「そう、簡単だよね。じゃあ待っている間に、かまどをもうひとつ作りましょうか。レオナルドさん、お願いします」

「承知しました」

まだ生地をチラチラと気にしていたレオナルドさんに声をかけると、きれいな微笑みで返された。

そのとき僕たちの間からかわいい小さな手が上がる。

「あの、今度はかまど作りに参加してもよろしいですか？」

「うん、お願いね。でも、危ないから怪我には気をつけてね」

「はい！」

僕からのお願いにリアンくんは真剣な顔でうなずいてくれた。

「まず、隣のかまどと同じように下にレンガを敷いて……」

注意しながら三人でどんどんレンガを置いていき、一昨日作ったものよりひと回り大きく作った。

その理由は次の作業のため。

「それでは、この上に盾の代わりに城の建築用の大きなレンガをのせます。橋をかけるような感じで。これは重いので僕とレオナルドさんがしましょう。リアンくんは見ててね」

昨日、もう少し調理器具を増やしたいとディーンさんに相談したところ、参考になればと王宮の倉庫に保管されている備品リストを見せてもらった。その中に記載してあったレンガは二種類。詳細を確認すると、かまどに使ったもののほかに長辺の長さが五倍大きく、城塞に使われるほど熱耐性も優れたものがあるらしい。

忙しいのに申し訳なかったけれどディーンさんに『よっつもらえませんか？』お願いすると、すぐに手配してもらえた。

その大きなレンガが今日の重要ポイント。積んだレンガの上に、大きなレンガで橋を二本かけ、ふたつ目の土台にする。

「その上にまたレンガで縁をなぞるように置いてください」

作業は進み、レンガの橋の上に三段壁ができた。この上に大きなレンガで天井を作ったら完成だ。

「レオナルドさん、指をはさまないようにそっと置きますよ」

「了解です」

せーのと手を離して大きなレンガを置いたら、四角い石窯の完成だ。

これで料理のレパートリーが増えるとひとりうきうきと喜んでいると、レオナルドさんとリアンくんに不思議なものを見る目を向けられた。急に恥ずかしくなって、コホンと咳払いして完成を告げる。

「石窯の完成です！　これがあれば、作れる料理やお菓子がぐんと増えます」

そう力説すると、レオナルドさんとリアンくんの瞳が輝いた。

「……でも今はとりあえず、一昨日作ったほうでホットケーキを焼きましょうね」

しばらく放置しておいたホットケーキの生地は程よく発酵が進んでいた。あまり発酵しすぎると甘みが減ってしまうから、このくらいで焼いたほうがいい。

早速リアンくんに火魔法と洗浄魔法をお願いし、温まった盾にバターを落とす。スプーンで塗り広げ、ホットケーキの生地を小さい丸を作るようにのせる。バターと甘い生地が焼けるよい香りが漂ってきた。

そのにおいに誘われるように遠い昔を思い出す。

『にーに、このホットケーキが食べたい！　一緒に作ろう！』

妹がそう言って絵本を持ってきた。

子うさぎが、友達の子ねこと子犬と材料や薪を持ち寄って、試行錯誤しながらホットケーキを焼き上げる。途中で意地悪な子ぎつねに邪魔されたり仲直りしたり。

かわいい動物たちが楽しくお菓子を作る「子うさぎシリーズ」は妹の大のお気に入りだった。この絵本シリーズはいつも同じセリフで終わる。

「みんなでつくるとたのしいね、みんなでたべるとおいしいね。あしたもいいひになぁれ」

思わず僕はつぶやく。

「――リツ様？」

その声にハッと我に返る。リアンくんが戸惑ったような顔で僕を見上げていた。

「急にごめんね。さっきの言葉で終わる絵本があるんだ。妹がそのシリーズが大好きで、出てくるホットケーキが食べたい、一緒に作ろうって焼いたことがあって。でも、温度が高すぎて焦げて、失敗しちゃったんだ」

「リツ様でも失敗されるんですね」

大きな目を瞬いて驚くリアンくんに苦笑する。

「失敗だらけだよ。いっぱい作っていっぱい失敗して、やっといろいろ作れるようになったんだ。けど……」

「けど？」

「そのころには、一緒に作ってくれてた妹が忙しくなっちゃって。結局僕がひとりで作って、妹たちは食べるだけ」

当時は寂しかったけど、仕方ないとも思っていた。

『子どもは——妹たちは僕の子どもじゃないけど——いつか離れていくものだ』というのが祖母の口癖だった。祖母が生きていたころは、そんなものかなと実感が湧かなかったけれど。

「では、それからはずっとおひとりで作ってたんですか」

「うん。妹たちは部活……運動がよくできたから、その練習で忙しくなっちゃったんだ。それに遠くの学校へ通うために家も出ていったしね」

ホットケーキをちらりとめくりながら答える。もうひっくり返してもよさそうだ。ポンっとスプーンで返す。

「そんな……」

「だから今、リアンくんやレオナルドさんとパンを作ったり、ディーンさんとお茶したりするのがすごく楽しいよ」

最近はずっとひとりで作ってひとりで食べてたから、賑やかな料理と食事は新鮮で楽しい。言葉にしたことはなかったけど、また昔みたいに大好きな家族と食卓を囲みたいって思っていたから。

少し照れながらそう伝えると、レオナルドさんは微笑むだけで何も言わない。

「僕も楽しいです。これからもリツ様と一緒にいっぱい作りたいです」

リアンくんは真剣な眼差しで僕を見上げた。

「ありがとう。もしかしたらディーンさんやリアンくんたちとごはん作ったり、食べたりするためにこの世界に来たのかな？」

未だにわからないことが多いし、正直不安もいっぱいある。

それでも、ここへ来たのを残念に思ったことはない。空から降ってきた素性のわからない僕に、ディーンさんたちが優しく接してくれるからだ。異世界へ来ていなかったら、きっと今ごろは妹たちを見送ってまたひとり寂しくごはんを食べていたと思う。

「リツ様ぁ……」

リアンくんは涙声で僕の名前をつぶやく。

「リアンくん⁉ ごめんね、暗い話をして。大丈夫だよ、今楽しいって話だから。ね？」

「すみません……うぅ……」

レオナルドさんに視線で合図を送り、ホットケーキを任せる。僕はリアンくんを抱きしめて、頭をなでた。

「大丈夫、今はすごく楽しいよ。全然寂しくない。リアンくんたちに会えて本当によかったなって思ってる。だから、ね？」

「はい……すみません……」

「ううん。僕の代わりに泣いてくれたんだよね。ありがとう」

リアンくんを抱きしめてる間にホットケーキはすべて焼けていた。レオナルドさんの器用さにちょっと嫉妬したことは黙っておこう。

焼きたてのホットケーキを持ってみんなでディーンさんの執務室へ行こうとしたが、リアンくんは首を横に振った。泣きはらした目はまだ赤く腫れている。

「こんな顔でディーンハルト様の前に立てません」

いつも大人顔負けにしっかりしているリアンくんだから、ディーンさんに泣き顔を見られるのは、自尊心が傷つくのかもしれない。

「そっか。じゃあ、レオナルドさんと届けてくるからリアンくんはここで待ってて。戻ってきたらみんなで食べようね」

視線を合わせながらそう言ったが、リアンくんはまた大きな瞳を潤ませた。

「リツ様は執務室で召し上がってください……でないと、ディーンハルト様がおひとりになってしまいます……」

ひとりのごはんが寂しかったと僕が話したせいで敏感になっているのかもしれない。泣き出してしまったリアンくんを抱きしめながら、ゆっくりと頭をなでる。

「リアンくんの気持ちは伝わったよ。そうだよね、ディーンさんが寂しくなっちゃうもんね。じゃあ、僕だけ行ってくるよ」

リアンくんは僕の言葉に安心したのか何度もうなずいた。

「リツ様、ディーン様をおねがいしますぅ……」

「わかった、ディーンさんのことは僕に任せて。リアンくんも冷めちゃう前にホットケーキ食べてね」

「はい……ありがとう、ございます」

しっかり者で通っているリアンくんの珍しい泣き顔に、騎士さんたちはおろおろしながらハンカチを差し出したり、頭をなでたり代わる代わる慰めてくれている。

原因を作ってしまった者として申し訳なく思いながらも、ディーンさんにひとりで食事をしてほしくないというリアンくんの優しい気持ちを無視するわけにも行かず、執務室へ戻ってきた。

「なるほど、そんなことがあったのか」

リアンくんが不在の理由を聞かれ、ホットケーキを食べながら顛末を話すとディーンさんも目を見開いて驚いている。

「まさか泣かせてしまうとは思いませんでした……」

「身につまされたところもあるんだろう。あの子も兄弟と疎遠になっているから。昔は仲がよかったんだがな」

「そう、だったんですね……。ディーンさんはご兄弟いますか？」

本人がいないところであまり突っ込んだ話をしていいとは思えず、話題を変える。

「弟がふたりいるが、昔から兄弟仲はよくも悪くもないな」

僕の意図を感じ取ってくれたディーンさんも新しい話題にのってくれた。

「下の弟とは年がかなり離れているから弟というより、甥に近いか。弟同士も同じような雰囲気で馴れ合うことも干渉することもない」

ディーンさんは複雑な表情を浮かべながら、言葉を選ぶようにゆっくりと自身の兄弟関係について話してくれた。妙に引っかかりというか、歯切れの悪さを感じる。

「年が離れていると、そうなりますよね」

「ああ。リツの家族のかわいらしい話を聞いていると、少し残念であるが。貴族としては程よい距離感があったほうが何かといい。後継争いもあと腐れなくできるだろうしな」

「後継……」

ひどく重い言葉だった。

継ぐものなどない普通の家庭で育った僕にはあまり縁のない言葉だけど、貴族であるディーンさんたちにはきっととても大切な問題だろう。そのくらいの想像はつく。

この世界のルールはわからないけれど、ディーンさんが長男ということは家を継ぐ立場なのかな。近い将来、どこかの貴族令嬢と結婚して、子どもを作って育てないといけないんだろう。そんな当たり前のことに今ごろ気づいた。

ホットケーキを切っていた手が止まり、ズキリと胸が痛んだ。心臓が嫌な音を立てて早鐘を打ち、全身に震えが走る。

そっか。僕はディーンさんのことを――

それ以上、考えるのはやめた。僕がディーンさんをどう思っても、ディーンさんが僕をどう思ってくれていても、どうにもならない。僕とではディーンさんのあとを継ぐ子を作れないのだ。

さっきこの世界に来られてよかったって思ったばっかりなのに。今はディーンさんのそばから離れたくて仕方ない。

黙ってしまった僕をディーンさんは心配そうに覗きこんだ。

「具合が悪いのか？　シエラを呼ぼうか」

「少し。……ちょっと医務室へ行ってきます。迷惑をおかけしちゃうので、ディーンさんはここで仕事を続けてください。ひとりで大丈夫ですので」

ディーンさんの優しさに嘘で返してしまった。胸はずっと痛んでいるけど、具合が悪いわけじゃない。とにかく今はシエラさんに会って話を聞いてほしい。

ひとりで大丈夫だという言葉は聞き入れてもらえず、僕はディーンさんに連れられて医務室へ向かった。

「あら、リッちゃんじゃない。今日はどうしたの？」

医務室に着くと笑顔のシエラさんに出迎えられた。

「シエラ、すぐに診てくれ。具合が悪いらしい」

ディーンさんの言葉を聞いたシエラさんが僕の顔を凝視した。体調に問題ないことは医者のシエラさんにはきっとバレてしまっただろう。正直に相談があると言えば、きっとディーンさんも話を聞くことになるはずだ。どう言い出そうかと悩んでいると、シエラさんは神妙な顔でうなずいた。

「本当ね、顔色が悪いわ。ちょっとここに座って」

シエラさんに診療ベッドを示される。

「はい……」

ベッドに腰掛けると、ディーンさんに手を握られ、温めるように反対の手で頬をなでられる。そんなディーンさんの優しさを受けて騙しているのが申し訳なくなり、正直に話そうと決心したとき。先に口を開いたのはディーンさんだった。

「つらそうだな」

「そうよ、リッちゃんは病人なの。だから宰相様はさっさとお引き取りくださいませ」

その言葉を肯定したシエラさんはディーンさんを追い出しにかかった。

「いや、リツが心配だ」

「私がいるんだから大丈夫よ。ほら、リッちゃんの手を放して」

「だが」

「だがじゃない。あなたまでジークみたいに仕事放棄しないでくれる？　ほら、出口はあっちよ」

ディーンさんは最後まで抵抗していたけど、シエラさんがため息混じりに耳打ちすると、気まずそうな顔で大人しく医務室を出ていった。

何を言ったんだろう、と気になって聞いてみたけど、きれいな笑顔で流された。教えてくれるつもりはないみたい。

「リッちゃんの相談は何かしら？」

椅子を勧められて腰掛けると、紅茶の入ったカップが差し出された。手のひらから伝わる熱が心地いい。

「……ありがとうございます」

「気にしないで。それよりリッちゃんの相談は何かしら」

具合が悪くて来たんじゃないことはやっぱりシエラさんにはバレていたらしい。身体をスキャンする魔法を使ったわけじゃないのに。

「顔を見たらわかるわよ。リッちゃん、結構わかりやすいし」

「えっ」

もしかしてディーンさんも僕が嘘ついたってわかったかな。自業自得だけど、幻滅されたくない。

「安心して。宰相様にはバレてないから。まったく、リッちゃんの何を見てるのかしらね。リッちゃんを悩ませてるのはあの男なんでしょう？」

「……はい。いえ、ディーンさんが悪いとかじゃないです。僕が一方的に」

一方的に好きになってしまっただけで、とは口に出せなかった。認めてしまうことが怖い。一度認めたら止まらなくなりそうで、ディーンさんに迷惑をかけてしまいそうで怖い。

「……僕はディーンさんを頼りすぎているのかもしれないですね」

「そうさせているのは、ディーンハルト様でしょう。何を気にしてるの！」

そう言ってシエラさんは笑い飛ばした。

しかし、僕にはそうとは思えない。僕が頼ってしまうから、ディーンさんは僕を放っておけなくて手を差し伸べてくれる。

「いえ……」

「あの男はリッちゃんをかまいたくて仕方ないの。リッちゃんを囲いこむことしか考えてないわよ」

「そんなことないです。ディーンさんに甘えちゃうから、迷惑をかけてるんだと思います」

「まさか！　どう見てもリッちゃんに惚れこんでるのは、ディーンハルト様のほうでしょう」

シエラさんにはディーンさんが僕に惚れているように見えるのか。実際には逆なのに。

「それはないです。それは絶対に」

強く否定すると、シエラさんは困った顔で僕からカップを取り上げる。そして、空いた僕の手を両手で包んでくれた。

「何があったの？　あの人に何か言われた？」

シエラさんの問いかけに首を横に振って答える。ディーンさんに何かを言われたわけじゃない。

「違います。僕が気づいてしまっただけで。僕は……ディーンさんのこと」

喉の奥がつっかえてしまう。それでも、もう溢れる気持ちも言葉も止められない。心の中に押し留めておくにはつらすぎて、吐き出してしまいたかった。

「ディーンさんのこと、好きになってしまったんです」

「そう」

シエラさんは僕の気持ちを優しく受け止め、黙って聞いてくれた。

「兄弟の話をする中でディーンさんが長男だと知りました。家を継ぐ立場なんですよね。……貴族は跡継ぎを作ることがとても重要だと前にディーンさんから聞きました。その、つまり……僕が受け入れられることはないって気づいてしまって……」

気づいた瞬間、終わりが見えた気持ちは消えることも収まることもなく、痛みだけを与え続ける。

「こんな気持ち迷惑だって、わかってるんです……」

でも、それでもゆっくり言葉を紡ぐ。

「そのとき初めてわかったんです。……ディーンさんを好きだって。好きになってしまったって」

自分で吐き出した言葉に鋭く心臓を抉られる。胸が苦しくて、喉の奥から澱んだ気持ちが込み上げてくるような不快感に話をするどころか呼吸すらままならない。

シエラさんは目を閉じてうなずいてくれた。

「迷惑だなんて……。たしかにディーンハルト様は公爵家の嫡男よ。けれど、あの人は……いえ、これは私から話すことではないわね」

シエラさんの瞳が迷うように揺れた。ディーンさんの実家には何かあるんだろうか。

「シエラさん？」

話が見えなくて問いかけたが、シエラさんから言い淀んだ言葉を伝えられることはなかった。

「ねぇ、リッちゃん。あの人の事情はさておき、気持ちを伝えてみるのはどうかしら？」

「そんなこと言えません。ディーンさんを困らせてしまうだけです」

優しいディーンさんのことだから僕の気持ちを無下にできず、悩ませてしまうに違いない。僕の身勝手な気持ちで忙しい彼を煩わせるのは嫌だ。

そう思ってきっぱりと言いきったが、シエラさんはいたずらっぽく笑った。

「困らせればいいの。リッちゃんだけ悩むなんてずるいじゃない」

「ずるいとかじゃなくて」

「ずるいわよ！　何も言わずにリッちゃんに手を出して、思わせぶりな態度をとったくせにこんなに悩ませて」

「……そ、れは」

思わせぶりな態度とは、ベッドの中でのあれこれを指しているんだろう。たしかにそうかもしれないけど。

「もちろん、どうするか決めるのはリッちゃんよ。でもね、選択肢として考えてみて」

選択肢、か。この気持ちをディーンさんに伝える未来なんてまったく想像できない。考えるようにシエラさんは言ってくれたけど、僕がディーンさんに告白する日が来ることはないだろう。同じくらいこの気持ちがなくなる日も来ない気がする。そっと嘆息すると、シエラさんにピシッと人差し指を突きつけられた。

「それから！　あの男がリッちゃんに何も言わずにまた手を出してきたら、なんでこんなことするんですかって言ってやりなさい」

「えっと？」

「お尻まで舐められたんでしょ？　理由を聞くくらいの権利は十分にあるわ」

「シエラさん!!」

そのときのことを思い出して、頬が火照る。そんな僕の反応にシエラさんは気をよくしたように
ふふっと笑って肩を叩いた。

「さてと、長話しすぎたわ。今日の相談はここまでよ。部屋の外でレオナルドが待ってるからもう
行きなさい」

シエラさんは微笑んで手を引き、僕を立ち上がらせる。

「あ、すみません。長居してしまって」

「いいのよ。久しぶりに恋の話ができて楽しかったわ」

「ありがとうございました。また、相談にのってもらえるとうれしいです」

「いつでも来てちょうだい」

待ってるわというシエラさんに送り出され、迎えに来てくれたレオナルドさんと医務室をあとに
した。

それからパンを焼いたりレオナルドさんたちと喋ったりと、いつも通り慌ただしくいろんなこと
をした。それなのに頭の中はディーンさんでいっぱいだった。
初めて人を好きになって、気持ちに気づいた瞬間にはもう叶うことがないと悟って。苦しくて、
考えたくないのにディーンさんのことばかり気になって。ディーンさんとごはんを食べてるときで
すら、目の前の彼に集中できなくて。
僕の気持ちとかこれからの関係とかいろんなことが頭の中でぐるぐる回ってて、気づいたらベッ

ドの上だった。

ちらりと隣に座るディーンさんを見ると、難しい顔で書類を読んでいる。紙を見つめる形のよい瞳は海の底のような、深い夜のような蒼。その瞳にかかる銀糸は星のように煌めいて見える。

……ディーンさんに触られた夜、あの瞳に映った僕はどんなふうだったんだろう。

手を出されたら理由を聞けってシエラさんは言ったけど、返事を聞くのが怖くて僕にはできそうにない。どういう言葉が返ってくるのか想像もできないけど、僕にとっていいことはないと思う。

けれど前みたいにディーンさんに触られたら、今の僕はきっと正気を保てない。

つい気持ちを伝えてしまいそうだ。この関係をはっきりさせたいと思う自分もいる。そんなことをしたら、きっと全部が崩れてしまうだろう。ディーンさんに拒絶されたら、僕はおそらくもう立ち直れない。

――こんなに苦しいなら好きだって気づきたくなかった。いい大人なのにこんなことで弱って情けないな。

今はまだ曖昧なままの関係を続けたい。ディーンさんの優しさに甘えた、このぬるま湯からまだ出たくない。いつか……そう遠くない未来に必ず出ていかないとならないなら、せめてそれまで夢を見ていたい。

気持ちひとつに踊らされて同じところを何度も巡る思考に嫌気がさし、思わずはぁと息をつく。

「もう寝るか？」

僕のため息に気づいたのか、ディーンさんは書類から顔を上げた。

「いえ……」

眠たいわけじゃない。ただ少しだけ考えるのに疲れてしまっただけ。

ディーンさんが腕を伸ばして僕の手を優しく握る。

「リツがよければ今夜も話をしようか。昨日はリツのことを教えてもらったから、今夜は私の話はどうだ？」

昨夜の僕ならきっとすぐにうなずいて、どんなことでも、どんな些細なことでも聞きたかったと思う。僕の知らないディーンさんを知りたかった。

でも今は何も知りたくない。家族の話でもされたら我慢できなくなるかもしれない。そんな醜態を晒すくらいなら、気を悪くさせてしまうかもしれないけど断ろう。

「……今夜はシエラさんに借りた本を読みたいです。だめですか？」

「そうか？『建国物語』か。それなら、私が寝物語に語ってもいいか」

僕の失礼な申し出に気分を害した様子はなく、ディーンさんはあっさり同意してくれた。

「はい、お願いします」

ディーンさんの深い声が優しく物語を語り始める。

『建国物語』は『建国史』と違って初代国王と妖精の恋物語だった。

協力して強大な魔物を倒した美しい妖精リオに恋をした初代国王は、あの手この手を使って口説き、ついに想いを受け入れてもらえた。妖精リオは祖国を捨て、国王とともにあることを望む。

……情熱的に求められる妖精がとてもうらやましかった。愛する人にまっすぐに想いを伝える勇気を持った国王も。

ディーンさんの優しい声を聞きながら、いつの間にか目蓋が重くなっていく。繋がれた手は温かいままだ。眠りに落ちる寸前、僕の額に柔らかな温かさを感じ、続いて同じ温度が口唇に移る。

心地よさに包まれながら、僕の意識は完全に落ちた。

第七章　すれ違いの日々とキャロットクッキー

『建国物語』を語ってもらった翌日から、ディーンさんは急に忙しくなった。

同じ部屋で寝起きしているものの、僕が目を覚ますとその姿は執務室にもなく、王宮内を慌ただしく回り、夜も僕が寝入った夜更けにベッドに戻ってきているらしい。

僕のほうはあいかわらず、リアンくんたちと料理に励んでいる。特にディーンさんが仕事しながら片手間で食べられるものをということで、サンドイッチやハンバーガー、スコーンを中心に作っていた。

レパートリーも増えてとても充実しているけど、残念なのはそれらを食べるディーンさんの顔が見られないことだ。

ディーンさんの顔を思い出してそっとため息をつくと、向かい側で湯船に浸かっていたリアンくんが心配そうにこちらを見た。

すれ違い生活の中で変わってしまったことのひとつがお風呂事情だ。ディーンさんと時間が合わなくなってしまったため、魔法の使えない僕はリアンくんにお願いして一緒にお風呂入ってもらっている。

「リツ様、大丈夫ですか？」

ぼんやりしていた僕にリアンくんは困ったような顔で尋ねた。

「ごめんね、大丈夫だよ。ちょっと疲れただけ。今日もいっぱいパン焼いたし！」

「そうですか……」

安心してという意図をこめてにっこり笑う。リアンくんは半信半疑の表情を浮かべるが、うなずいてくれた。

何をしていてもディーンさんのことが頭から離れず、ときどきこんなふうにぼんやりしてリアンくんたちを心配させてしまっていることには気づいていた。

ストレスというと大袈裟（おおげさ）だけど、ディーンさんとの関係についての悩みや不安は日増しに大きくなっていって、精神的に疲れている。さらにすれ違いばかりで会えない日々はとても寂しく、悩みよりも僕の心に負荷をかけていた。

「会いたいな……」

心の中でつぶやいたはずの言葉は音になって口からこぼれていた。つぶやきを聞いたリアンくんの顔はますます曇っていく。

「リツ様……」

「ごめん、なんでもないよ！　そろそろ上がろうか」

何か言いたげなリアンくんを押し留めて、僕は立ち上がって湯船を出る。

こんな小さな子にあんな顔させるなんて……とリアンくんへの申し訳なさでまたため息が落ちた。

すれ違いの日々が続いていたある日。

心地よい温もりと規則正しい心音の中で目が覚めた。寝ているうちに抱きついていたらしく、ディーンさんの腕の中に収まっている。ディーンさんも無意識にだろう、僕を抱きしめている。

久しぶりにじっくり見た寝顔は心なしかやつれていた。僕が異世界に来てから少しずつ薄くなり始めていたクマが復活している。もちろん、見えている部分だけがすべてじゃない。国のために身を削って働くということは想像以上に大変だろう、きっと心も疲れているはずだ。

精神的に疲れたなんて思っていたけど、あきらかに疲労困憊のディーンさんの顔を見ていると自分がとても甘えていたんだと痛感した。自分勝手に好きになって、その気持ちを持て余して疲れただなんて。もういい年なのに初恋に戸惑う少女みたいでとても恥ずかしい。

「……ディーンさん」

聞こえないくらい小さな小さな声で愛しい人の名をつぶやく。

僕は自分のことばかりだ。ディーンさんのこんな近くにいるのに何もできていない。ディーンさんへの気持ちから逃げて、それと一緒に何もかもが停滞していた。

ディーンさんのために何ができるかな。仕事を手伝うことはできないけど、ディーンさんが少しでも快適な生活が送れるよう僕にも何かできることはあるはずだ。

「婚約⁉」

思いがけない単語を聞き復唱する。その噂を教えてくれたのは、シャルさんだった。

今は騎士団詰所にある食糧庫にシャルさんとふたりきり。リアンくんは朝からディーンさんの手伝いに出て、ここで落ちあうことになっている。レオナルドさんも詰所に戻った途端、やってきた部下に急ぎ確認してほしいと連れていかれてしまった。

シャルさんは小麦粉を量る手を止めることなく話を続ける。

「ええ、聞いていらっしゃらないのですか？　もうほとんど決まっていて、あとは発表を待つばかりらしいですよ」

「あ、はい。最近、ほとんど会えてなくて……」

「騎士団の方々が噂しているのを耳にしただけなんですが、今度、条約を結ぶ隣国の皇女様がお相手だと聞きました」

シャルさんの言葉に胸が締めつけられるように痛む。いつか来ると覚悟していたことだけど、こんなに早く現実になるなんて……

目の奥が痛いほど熱くなったが、ゆっくりと呼吸を整える。

……仕方ない、そう仕方がないのだ。ディーンさんとずっと一緒にいられるわけじゃない。僕がディーンさんの部屋を出ていく日はもうすぐだろう。気持ちを伝えなくて本当によかった。

「そうなんですね。教えていただいてありがとうございました……」

「……いえ」

シャルさんは何か言いたげにちらりとこちらを見たが、すぐに作業に戻った。

詰所の窓から執務室が見える。ディーンさんはきっと今も忙しく国のために働き続けているんだろう。僕は僕にできることをするだけだ。

そんなことを考えていると、レオナルドさんとリアンくんが食糧庫へ入ってきた。

「すみません、戻りました」

「おかえりなさい。お待たせしました」

「リツ様、お待たせしました」

「リツ様？　どうかなさいましたか」

笑顔で出迎えたつもりだったが、レオナルドさんに顔を覗きこまれた。リアンくんも眉尻を下げて見上げている。

「え？　何がですか？」

そんなふたりに、僕はなんでもないふりをして首を傾げた。

「……何もなければ大丈夫です。では、作業台へ行きましょう！」

レオナルドさんはじっと僕の顔を見つめたあと、明るくそう言って外へ出るよう促す。

食糧庫を出ていくとき、レオナルドさんは何かを察したのか冷めた視線をシャルさんに送っていた。でも、別にシャルさんに何かされたわけじゃない。

「レオナルドさん」

「さ、リアンが待っていますよ」

見ると入り口の前でリアンくんが不思議そうな顔で待っていたので、慌てて駆け寄った。

食糧庫から持ってきた食材を、かまどの隣に置いた作業台に並べる。すると、リアンくんがきょとんとした顔で目の前の野菜を指差した。

「リッツ様、今日のおやつはにんじんとほうれん草のサラダですか……？」

若干落ち込んだ声なのは、リアンくんは野菜が苦手だから。前に付け合わせにとソテーして出したとき、目をつぶって食べていた。そんな彼には申し訳ないけれど。

「ううん。サラダは作らないよ。今日はパンのほかに、にんじんとほうれん草を使ってお菓子も作ろうと思って」

「にんじんとほうれん草で、ですか？」

それ本当においしいの？　と怪訝な顔でリアンくんは僕と野菜を交互に見ている。

「お菓子ということは甘いのでしょうか」

レオナルドさんも野菜のお菓子は想像がつかないのか首を傾げた。

「はい。今日は、にんじんとほうれん草で二種類の野菜クッキーを作ります！」

「「野菜クッキー!?」」

ふたりが声を揃えた。

「はい、そうです。まず、お借りした短剣でにんじんを細かくします。リアンくん、洗浄魔法をかけてくれる？」

短剣とにんじんを渡し、魔法をかけてもらうと横からレオナルドさんに両方取り上げられた。

「お待ちください、それは私にやらせてください。リッツ様が怪我をされては、あなたを気にかけているシエラに怒られますので」

たしかに短剣の扱いには慣れていないので、レオナルドさんに作業してもらえるのは助かる。

「いつもの輪切りと違って、できるだけ小さくするんですが」

「粉々にしてよろしいんですか？」

すり潰した状態か微塵切りがベストなのでそれを伝えると、レオナルドさんは何事か思いついたようにリアンくんににんじんを手渡した。

「ふむ。では、リアンのほうが適任ですね。私より魔法に長(た)けていますので」

「ぜひ、お任せください。原形がわからないほど細かく粉砕させていただきます」

「ま、魔法で粉々にできるなら早くて助かります。よろしくね」

リアンくんの力強い言葉に苦笑しながらお願いする。

「はい！」

お手伝いがうれしいのか嫌いなにんじんを攻撃できるのがうれしいのか、リアンくんはいつも以上に目を輝かせながら固い生にんじんを手に取ると、空に向かって放り投げた。続けてリアンくんが風魔法を放ったらしく、見えない刃がにんじんを切り刻んでいく。

初めて見る魔法だ。でもほかの調理に活用できないかと考えることはあっても、驚くことはもうない。この世界の理(ことわり)にすっかり慣れたな。

感慨深い気持ちで見ていると、用意していたにんじんはリアンくんの魔法ですべて粉々になっていた。

「ほうれん草もしますか？」

スッキリとした笑顔で尋ねられ、にんじんが粉々になっている間に水にさらしておいたほうれん草も細かくしてもらう。こっちも恨みでもあるのかなというくらい小さくなった。

「ありがとう。あとはそれぞれ材料を混ぜて、ちょっと置いておく。そして、焼いたら出来上がりだよ」

作業工程を説明しながら、材料を順々に魔法鍋に入れながら混ぜていく。

「リツ様、なぜ野菜のクッキーを作られるんですか。魔法で作るクッキーは割とおいしいですよね？」

未だに疑わしげに鍋の中身を睨むようにじっと見つめるリアンくん。よっぽど嫌いなんだね。

「……あれは紅茶に浸すとおいしいよね」

砂糖が溶けて甘くなった紅茶が。魔法製のクッキーは小麦粉と砂糖を逆の量で作ったのかという味がするのだ。

「にんじんとほうれん草は眼精疲労、目の疲れにいいんだよ」

野菜クッキーを作ろうと思ったきっかけを簡単に伝えると、リアンくんの顔がパッと明るくなる。

「ディーンハルト様のためですね」

その名前にズキリと胸が痛む。僕が彼のためにできることといったら、このくらいだから。

それから一時間半後。

いいにおいがしてきたのを確認し、かまどからクッキーを取り出すとどれも程よく焼き色がついていた。

「いい感じに焼けてます」

「おいしそうですね」

「きれいな色です！」

レオナルドさんとリアンくんも目を輝かせて見ている。

「味見してみましょうか」

ふたりにクッキーを差し出す。まずはオレンジの粒がきれいなアクセントになっているにんじんから。

「リアンくん、お味はどうかな？」

苦手なにんじんが入っているからどうかな？　とリアンくんを見るともぐもぐと食べてくれている。

「さっくりしてて、おいしいです。にんじんのにおいもあまりしません」

にんじんのにおいが苦手だったのか。弟と同じだな。小さいころから野菜、特に緑黄色野菜が苦手だった弟は小学校へ上がってからも、なかなか食べてくれなかった。

「昔、野菜嫌いだった弟にどうにか食べてもらおうと、家庭科……料理とか教えてくれる学校の先生に作り方を聞いて作ってたんですよ」

僕の家庭事情を知っていた先生は、野菜クッキー以外にもいろんなレシピを教えてくれた。そのお陰か弟はだんだんと食べられる野菜が増えていった。あのときは本当に助かったな。

そんなことを思い出していると、俯いたリアンくんがぽつりとつぶやく。

「リツ様は弟さん思いなんですね……」

「どうなのかな。ただ必死だっただけなのかも」

当時は祖母の具合がよくなかったこともあってできる限りのことをしようと、弟妹の世話をしていた。ふたりのことはたしかにかわいがっていたつもりだけど。

「僕にも兄がいるのですが、あまり仲がよくないんです」

リアンくんの言葉に、ディーンさんと以前話した『仲のよかった兄弟と疎遠になっていると』いうことを思い出す。

「そうなんだね」

「兄とは母が違うんですが、僕が幼いころはとても仲がよかったんです。でも、勉強を始めてから急に嫌われてしまって……」

何もわからないころならただの遊び相手だったお兄さんは大きくなって親の事情を理解し、勉学でもライバルになったということだろう。

「たくさん勉強して、かっこいい兄のようになりたかったのに。頑張れば頑張るほど兄との心の距離は離れていきました」

リアンくんは何も悪くない。優秀な義弟を持ってしまった彼のお兄さんも、いっぱいいっぱいだったのかもしれない。

今にも泣き出してしまいそうな顔をしながら、それでもじっと耐えるリアンくんが痛々しい。震える肩にそっと両手を置くと、深く息をついて続きを話してくれる。

「ある日、顔も見たくないと言われてしまったんです。妾の子なんだからうちから出ていけって。でも、産んでくれた母はもう亡くなってて、どこにも行くところなんてなくて……困っていたら、たまたま屋敷に来られていたディーンハルト様が拾ってくださったんです」

「ディーンさんが……」

その姿は簡単に想像がついた。中庭に落ちてきた僕を助けてくれたように、小さなリアンくんに手を差し伸べたんだろう。きっと、そうすることが当然だという顔で。

そんな困っていた人たちを放っておけない彼だから僕は……

「ディーン様は、きっとご自身と似た境遇にいる僕を――」

「リアン」

リアンくんの話をレオナルドさんの鋭い声が遮った。

驚いてレオナルドさんを見ると、小さく首を横に振っている。それ以上は話すなという意味だと僕にもわかった。

聞いてはいけない話なんだろう。気にならないわけじゃないけど、追及する気になれなかった。何より血の気が引いたようなリアンくんを見て問いただすのはかわいそうだ。

「すみません、僕」

珍しくおろおろと取り乱すリアンくんにレオナルドさんは、すっかり冷めたクッキーをバスケットにつめて渡した。

「焼き上がったクッキーを執務室まで届けてきなさい。それから、少しゆっくりしておいで」

「はい、行ってきます」

ぺこりと頭を下げて去っていくリアンくんの姿をふたりで見届ける。

「リアンくんの生い立ち、初めて聞きました」

「リアンは言いませんでしたけど……継母からも冷遇されていたみたいですね。実母と死に別れ、父親はほとんど家にいない。兄だけがよりどころだったんでしょう」

レオナルドさんの話にリアンくんの境遇を想像して、どれだけ寂しかっただろうと泣けてくる。

「ディーンハルト様に初めてリアンを紹介されたとき、とても冷めた目をした子だなと思っていたんです。あれは自分のつらさや寂しさを耐えていた目だったんだと……」

当時のことを思い出すように、レオナルドさんは遠くを見る。そして続けた。

「リツ様が来てからですよ。リアンが子どもらしいところを見せるようになったのは」

「……僕は、何もしていません」

むしろ助けてくれたのはリアンくんのほうだ。

何も知らない僕を一生懸命サポートしてくれた。ホットケーキを焼いたときには、僕の代わりに泣いてくれた。本当に優しくて頼りになる。

でも、まだ小さな子ども。どうしたらもっと子どもらしく笑ったり甘えたりする姿を見せてくれるかな。

しばらくして、リアンくんが戻ってきたので調理を再開する。そして。

「ねぇ、リアンくん。さっきのクッキーをもう一度焼こうと思うんだ。今度は最初から最後まで作ってくれない？」

そんな提案をしてみた。

「全部ですか」

「うん。作ってもらってる間に僕はパンを焼こうと思うんだ。どうかな？」

「やりたいです！」

リアンくんはブンブンと音がしそうなほど首を縦に振ってくれた。

「よかった。きっとディーンさん、喜んでくれると思うよ！」

ディーンさんはリアンくんのことを息子みたいに自慢する人だ。僕の言葉にさらに気合が入ったのか、リアンくんは凛々しい顔でにんじんを細かくし始めた。

にんじんの粉砕だけじゃなく、粉やはちみつと混ぜ合わせるのもリアンくんに任せる。パン生地を準備しながら見守っていると、魔法鍋の中のクッキー生地はちょうどいい具合にまとまっていった。

「リツ様、いかがでしょうか……？」

「うん、ばっちりだよ！　さすがリアンくん」

それから成形し焼きに入る。すると、リアンくんはそわそわとかまどの周りを回り始めた。出来上がりが気になって、じっとしていられないみたいだ。その様子がなんともかわいくて、レオナルドさんと微笑ましく見守った。

時間を見計らってリアンくん作のクッキーを取り出すと、うまく焼けていた。几帳面な彼が丁寧に並べたこともあって、さっきより焼きむらも少ない。リアンくんはお菓子作りも優秀だ。

「どうでしょうか？　ちゃんとできてますか？」

「うん、すごくいいできだよ。味見してみようか。まだ熱いから気をつけてね」

冷めるまで待てなかったのか、リアンくんは得意の魔法で風を起こし、力技で粗熱をとった。そんな器用なこともできたんだね。

軽く感動していると、リアンくんはさっそく初めてひとりで作ったクッキーにかじりついた。

「はふッ！　んんっ……！」

「満足がいくできかな？」

「はい！」

リアンくんはそう言って満面の笑みを浮かべる。僕とレオナルドさんもクッキーを味わう。

「おいしいよ、リアンくん。じゃあ、ディーンさんにも食べてもらおうか」

「ディーン様に……。喜んでいただけるでしょうか」

不安そうな顔を払拭できるように、僕は明るくうなずく。

「大丈夫だよ。すごくおいしいし、色もきれいに焼きあがってるよ。ねえ、レオナルドさん？」

「ああ、とてもおいしいよ。リツ様が作ったものと同じ味がする」

話を振ると、レオナルドさんも微笑んでリアンくんの頭をなでる。

「本当ですか！」

レオナルドさんの言葉にリアンくんは目を輝かせる。自信がついたみたいでよかった。

ただ、ディーンさんに届ける前に問題がひとつ。忙しいディーンさんに、リアンくんがひとりで作ったクッキーだとどうやって伝えるか。

食事やお菓子はリアンくんに届けてもらっているけど、最近は直接渡すのではなく、補佐の人を通じて渡しているそうだ。僕はディーンさんと同じ部屋で寝起きしているけれど、なかなかタイミングが合わず話ができない。それにせっかくのプレゼントなら、クッキーを食べる前にリアンくんが作ったものだと知ってほしい。

どうしようかな……と考えてふと思いついた。

「ディーンさん、忙しそうだから、リアンくんがひとりで作りましたってお手紙も添えようか」

いいこと思いついたと嬉々として提案したけど、リアンくんは助けを求めるようにレオナルドさんを見上げた。

「……手紙ってだめなことですか？」

異世界だと手紙はよくないことなのだろうかと不安になる。

「いえいえ、大丈夫ですよ。紙は詰所にあります。どうせなら、リツ様も書かれませんか？」

「いや、僕は――」

「リツ様も一緒に書きましょう？」

断ろうとしたが、リアンくんにも誘われてしまう。縋るような目にうなずきそうになったけど、心情的なこと以外に根本的な問題もある。

「うーん、でも、僕はこっちの字が書けないんだ」

話すことも読むこともできるのに、どうしてかわからないけれど書くことだけは無理なようだった。そう伝えて断ったが、リアンくんは手強い。

「では、僕が代筆いたします！」

「リアンもこう言ってますし」

レオナルドさんにまで勧められては断れない。

「そうだね、お願いしようかな」

「すぐに詰所で紙とペンを借りてきます」

僕が同意すると、リアンくんは急いで駆けていく。その姿を見送って、レオナルドさんに気になっていたことを尋ねる。

「もしかして、私的な手紙は禁止だったんじゃないですか……？」

「いいえ、そんなことはありませんよ」

レオナルドさんは首を横に振る。

「そうなんですね。リアンくんの反応にちょっと違和感を覚えたので……」

「遠方にいる者に手紙を書くことは普通にあります。ただ近くにいるのに手紙を書くのは、大人が親しい相手か親しくなりたい相手に対してだけなのです」

この国のお手紙事情を聞いて納得した。それならまだ子どものリアンくんが戸惑うのもわかる。

「親しい相手ですか。リアンくんとディーンさんは親しいので、大丈夫ですよね……？　リアンくん、戸惑っているように見えたんですが、ディーンさん相手に遠慮しちゃったんでしょうか」

「そうかもしれませんね」

そんなことを話しているうちに、リアンくんが戻ってきた。作業台を片付け、一度洗浄してもらう。便利だ。

「リツ様、書きましょう！」

リアンくんが作業台の上で紙を広げた。

「リアンくん、張り切ってるね」

「すみません。お手紙書くのは初めてで」

照れくさそうに笑う顔がかわいい。手紙を書こうと誘ってよかった。

「そうなんだ。僕も久しぶりだよ」

「どんなふうに書いたらいいんでしょうか」

「レオナルドさん、何か形式や決まりがありますか？」

唯一の経験者であるレオナルドさんに尋ねる。

「そうですね。送る相手の名前を書き、その下に自分の名前を書くことでしょうか」

レオナルドさんはそう言ってリアンくんから紙と羽根ペンを受け取り、さらさらと書き始めた。

「例えば、『シエラへ　レオより』と、こんな感じです。または『愛するシエラ　レオ』と。こんな感じで、少し空間を空けて本文を書き出してください」

「愛称でいいんですか？」

不思議に思ってきくと、レオナルドさんはにっこり笑ってうなずいた。

「そのほうが親しみがこもっていて、もらったときにうれしいですよ」

たしかにそうかもしれない。お礼状などかしこまった手紙はさておき、日常のちょっとしたものなら堅苦しくないほうがいい。

リアンくんは少し考えて、書き始めた。

「『敬愛するディーン様　リアン』これで大丈夫ですか？」

「上手に書けてるよ。そのまま次は内容を書いて」

レオナルドさんは微笑みながらうなずく。

「ええっと……うーん……」

「難しく考えるんじゃなくて、ディーンハルト様に伝えたいことを素直に書いたらいい」

悩むリアンくんにレオナルドさんはそうアドバイスを送った。

伝えたいことを素直に、か。一生懸命に文面を考えながら少しずつつづるリアンくんを見守りつつ、自分はどうしようかと考える。僕がディーンさんに手紙で伝えたいこと……

会いたい、話がしたいです……じゃあ、ラブレターみたいだしもらっても迷惑だよね。

悩んでいるうちにリアンくんは書き上げたらしく、次の段階に移っていた。手紙をくるくると丸めて、幅が広めの紐を巻きつけている。

「この紐で括って出来上がり」

「次はリツ様のですね！」

「よろしくね、リアンくん。書き出しは……」

尊敬するディーンさん　リツ
いつも僕を気にかけていただいてありがとうございます。

知らない世界で毎日穏やかに過ごせているのは、ディーンさんのお陰です。

今日はリアンくんが頑張ってクッキーを焼きました。にんじんとほうれん草のクッキーです。

このお菓子で目の疲れが少しでも癒されますように。

お仕事お忙しいとは思いますが、ご自愛ください。


当たり障りのないことを書いてもらった。

「リツ様、本当にこれだけでいいんですか？」

リアンくんに何度も聞かれたが、僕は笑ってうなずく。

ディーンさんに毎日会えなくて寂しい。これからもずっとあなたの隣にいたい。好きですと伝えてしまえたら……と思わなくはないけれど。

「うん、大丈夫。リアンくん代筆ありがとうございます」

お礼を伝えて、せめて紐で括るぐらいは自分でしようと受け取ろうとしたが。

「失礼。少々お借りしますね」

スッと手を伸ばしたレオナルドさんに取られてしまった。

「レオナルドさん？」

「大人同士のやり取りでは、決まり文句を書くことになっているんです。私のほうで追記させてもらいますね」

そう言いながらさらりと何か書き足し、紐で括られた手紙を渡された。拝啓とか敬具とかそんな感じのことかなと、あまり気にせず受け取る。そして、野菜クッキーと一緒にリアンくんが届けにいった。

ディーンさん、喜んでくれるといいな。

リアンくんの姿が見えなくなると、レオナルドさんとパンを仕込み始める。最初は探り探りだった作業も慣れてくると、スムーズに生地を仕込めるようになった。

でも、発酵にかかる時間だけは変わらない。今日もレオナルドさんを連れて、騎士団詰所の近くにある薬草園の温室へ向かった。

「この辺がいい温度でしょうか」

そう声をかけられて、レオナルドさんのほうを見てハッとする。

「はい。……あ」

温室のガラスの向こう、薬草園を歩くディーンさんが見えた。

その隣には、とてもきれいな女性がディーンさんのエスコートを受けて歩いている。彼女が噂の皇女様かもしれない。

……きっとそうなんだろう。話すふたりの距離はとても近く、見るからに親しげだ。ディーンさんは優しい笑顔で、彼女の話を聞いている。

政略的な婚約だと勝手に思いこんでいたけど、そうではないのかもしれない。どっちにしろ僕が割って入る隙間も権利もない。

手紙に余計なこと書かなくて本当によかった。それだけが救いだ。

手紙を書いた翌日。朝起きると、すでにディーンさんの姿はなかった。

しかし、代わりに枕元に手紙が残されていた。紐(ひも)には手紙のほかに淡い紫色のかわいらしい花も結ばれている。

親愛なるリツ　愛を込めてディーン

いつもおいしい食事をありがとう。

最近はなかなか時間が取れず、話ができていないが困ったことはないか。

体調を崩していないだろうか。

リツの作ってくれる料理も菓子もとてもおいしいし、日々の癒しだ。

だが、私のために無理はしないでくれ。いつもリツのことを想っている。

ディーンさんらしい、ねぎらいと僕を心配する優しい文章だった。

会えない日が続いてもディーンさんは僕の仕事を認め、ねぎらってくれている。僕よりもずっと忙しいのに、返事を書いて花まで用意してくれるとは思わなかった。

この手紙だけで十分報われた気がする。『愛を込めて』の文字をなでるように触れると、目の奥が熱を孕んだ。ここに込められた愛がどんなものでもかまわない。昨日温室で見た光景が頭から離れず、ずっと痛み続けていた胸の痛みが涙になって流れていく。

これからどうなるかわからないけど、食事を作り続ける限りきっとディーンさんは喜んでくれるだろう。それだけで十分だ。

「僕もあなたをいつも想っています。これからも、ずっと」

誰もいない部屋でひとりつぶやく。

手紙をしまい、添えられた花は押し花にしようと『建国史』にはさんだ。


「おはようございます、リツ様」

今日の迎えもレオナルドさんだけだった。リアンくんは今日一日、本業の事務補佐をするらしい。ちょうどよかった。リアンくんには聞かれたくない相談がある。

「おはようございます。今日、シエラさんとお話しすることはできますか」

「ええ、大丈夫ですよ。今から参りましょうか」

急なお願いにもかかわらず、レオナルドさんはすぐにうなずいてくれる。愛する恋人に会いたいからというより、僕の話に見当がついているらしかった。温室に一緒にいたし、察するのは簡単だろう。

シエラさんとレオナルドさんなら、きっと今回も力になってくれるだろう。

久しぶりに訪れる医務室はあいかわらず整頓され、薬草の香りが漂っていた。

「失礼します、急に押しかけてすみません」

「いらっしゃい、リッちゃん。医務室なんだから、急患は当たり前よ、気にしないで」

そう微笑みながらシエラさんは、向かいの椅子を勧めた。

「レオナルドさん、座ってください」

「いいえ、ここのほうがシエラのきれいな顔が見やすいので」

レオナルドさんは笑顔を浮かべて本気とも冗談とも取れないことを言って、シエラさんに睨まれていた。それでもレオナルドさんは護衛らしく、僕のすぐうしろに立っている。

「直接会うのは久しぶりかしら」

「そうですね。でも、レオナルドさんによくお話を聞いていたので、なんだか久しぶりという気がしません」

「私もよ。よくリッちゃんの話を聞いたりお菓子をもらったりしてたから。昨日のクッキー、とてもおいしかったわ」

「リアンくんが全部作ってくれたんですよ」

「レオに聞いたわ。あの子、とってもうれしそうだったって。ディーンハルト様に手紙も書いたそうね」

「はい。リアンくん、初めて手紙を書くって悩んで書いてました」

一生懸命な姿が微笑ましかった。思い出すだけでほっこりした気持ちになる。

「まあ、そうね。リアンの年頃なら書いたことがなくても不思議じゃないわ。それで、返事はあったのかしら？」

「え？」

「リッちゃんも書いたんでしょう？　あの男のことだから喜んで返事したと思うんだけど、違ったかしら？」

なんでもお見通しよと言わんばかりにシエラさんにまっすぐに見つめられ、僕は素直にうなずいた。

「今朝起きたら、枕元にお花と一緒に置いてありました」

「あら、あの堅物もそんな洒落(しゃれ)たことをするのね」

ニヤッといたずらっぽく笑われたけど。

「日頃のねぎらいと、食事やお菓子のお礼がつづられていました」

「……ねぎらいとお礼、だけ？」

眉をひそめるシエラさんの言葉に意味を測りかねたが、はいと答えるしかない。

「そうなのね。……それで、今日はどうしたの？　遊びに来てくれたってわけでもないんでしょう。もちろん、それでもいいけど」

気を取り直したシエラさんに本題に入るよう促され、居住まいを正す。

「実はおふたりに相談したいことがありまして」

これが最初の一歩だ。

「僕、そろそろディーンさんの部屋を出ようと思っています。できれば仕事は続けたいんですが、僕でも住めそうなところってあるんでしょうか。家賃とか相場とか手続きもわからなくて、教えていただけないでしょうか」

一気にしゃべると、シエラさんは笑顔のまま固まった。どうやら予想外のことだったらしい。レオナルドさんから昨日、温室でディーンさんと婚約者を見かけたことを聞いてないのかな。

「突然どうしたの？　何かあった？」

「……ディーンさん、婚約されるんですよね？　他国の皇女様と」

「そんな噂が流れてるらしいけど、あくまで噂よ？　そうよね、レオ」

シエラさんは僕のうしろに控えていたレオナルドさんに同意を求め、そばに来るよう促した。僕らの間に立ったレオナルドさんは、補足するように肯定する。

「ええ。シエラの言う通り、正式な発表は何もありません」

「たしかに噂かもしれません。……でも、それはきっかけにすぎなくて。いい区切りなんじゃないかと思ったんです。出ていくよう言われないからって、いつまでも居座っていいわけじゃないと思うので」

シエラさんたちは心配してくれているんだろう、何か言いたげに顔を見合わせた。そんなふたりには申し訳ないけど、これはもう決めたことだ。

「僕から出ていくって言わないと、ディーンさんは僕があの部屋に住むことをずっと許してくれると思うんです。情が深いっていうか、一度面倒を見始めた人を簡単に手放せないんじゃないかって。だから、僕が巣立つ準備をしないといけないんです」

ふたりをまっすぐに見て、きっぱりと言い切る。

「本当にそれでいいの？　リッちゃんのことだから、気持ちは伝えてないんでしょう？」

「ディーンハルト様はとてもお忙しいので、もし部屋を出てしまえば、今のような繁忙期にはますますお会いするのが難しくなってしまいますよ」

シエラさんとレオナルドさんは心配そうに告げる。

「それも仕方ないと思います。本来そういう立場の方なんですから」

どことも知れない場所から落ちてきた僕と国のために身を削って働く宰相。立場も背負っているものも違う。当たり前のように一緒に生活している今がイレギュラーなんだ。

「リッちゃんって意外と頑固なのね。仕方ないから協力するわ」

意志を曲げない僕に、シエラさんはやれやれと深い息をつく。

「……ありがとうございます。それで住む場所探しなんですが、どうでしょうか。雨露(あめつゆ)をしのげてここへ通えるならどこでも」

「じゃあ、うちに来る？　ここのすぐ近くだし、雨露（あめつゆ）しのぐ屋根はちゃんとあるわよ？　毎朝、私と出勤して一緒に帰りましょう？」

シエラさんは楽しそうに提案してくれるけど、隣のレオナルドさんが怖い。自分以外の男性が恋人の部屋に長期滞在なんて許せるはずないだろう。

「いえ、それは……」

「私と同居は嫌なの？」

「お泊まりならぜひしたいんですが、その……」

視線だけでレオナルドさんに助けを求めたが。

「シエラの家では気を遣って休めない、とはっきり言っても大丈夫ですよ」

「ちょっと、それはどういう意味かしら？」

レオナルドさんの発言にシエラさんの声が低くなった。

「私たちの邪魔をしたくないという意味だ」

「あぁ、なるほど。気にしないで……と言ってもリッちゃんの性格じゃあ無理そうね。とはいえ、文官寮はねじこめないし、騎士団寮にこんなかわいい子入れられないし」

「あの、普通に街に部屋を借りるのは難しいんでしょうか？」

一番無難かと思う提案をしてみた。騎士や文官と違って使用人は街から通っていると聞いたことがある。異世界出身であることを除けば、僕も同じ一般市民だ。なんとか住めないだろうか。

「悪いけど、それはさすがに無理よ」

きっぱりとシエラさんに否定される。

「やっぱり戸籍や住民票みたいなものを持ってないと借りられないのですか？」

そう尋ねると、レオナルドさんが困り顔で説明してくれた。

「いいえ、そうではありません。リツ様の見た目、その黒髪とお顔立ちでは、妖精リオ様のよみがえりと思われて街に大混乱が起きます。他国の貴族と通達している王宮内ですら、そういう噂が出ているくらいですから」

「でも、本当によく似ているのよね。ディーンハルト様と並ぶと、初代様の再来かと思うわ」

「シエラ」

レオナルドさんがすぐにシエラさんにつっこむ。

「あら、気にしないでね？」

適当な笑みで誤魔化されたけど、やっぱりディーンさんと初代国王様は似てるんだ。

「ディーンさんのお家って王族の傍系とかですか？」

「いいえ。シュタイナー家に王族から王女殿下が嫁いだとか、臣籍に降った方がいるということはないわ」

「そうなんですか……」

「ごめんなさい。私が変なこと言っちゃったから。リッちゃんのおうちを見つけないとね」

レオナルドさんは沈黙し考えこんでいたが、何かひらめいたように口を開く。

「いいところがあるかもしれません。王宮内で安全性が高く、雨露は間違いなくしのげます」

そんな提案を持ちかけてくれた。

「ただ長く誰も住んでいないうえに、家主に気に入られる必要があるので、住めるかどうかは行ってみないとわかりませんが……それでもいいですか？」

そう問われ、僕はふたつ返事で返す。

「お願いします」


「ここって……」

「はい。中庭です」

レオナルドさんに連れられてやってきたのは、中庭だった。シエラさんも心配な表情を浮かべながらついてきてくれている。

「初めて来たとき以来、ここへは来ていませんでした。改めて見ると、とてもきれいなところですね」

色とりどりの薔薇が咲き乱れる生垣はもちろん、たくさんの植物が丁寧に手入れされ、花をつけている。僕のせいでぐちゃぐちゃにならなくて本当によかった。

ディーンさんが受け止めてくれたのはあの辺だったかなと、中庭の中央部に視線をやる。

古びた噴水が目に入った。最初に気づかなかったのは、ディーンさんの陰に隠れていたからかもしれない。不思議な存在感の噴水からなぜか目が離せずにじっと見つめていると、シエラさんに声をかけられた。

「リッちゃん？　どうかしたの」

「噴水が気になるのですか？」

「なんでもありません。歴史がありそうな噴水だと思って。……ところでどうしてここへ？」

「どうぞこちらへ」

そう尋ねるが、微笑みを浮かべたレオナルドさんは質問には答えずに噴水の近くまで歩いていく。近くで見ると、ますます気になる。

コポコポと音を立てながら噴き出す水の底にそれはあった。

――陽の光を受けてきらりと光る蒼い宝石。

親指の先くらいある宝石はネックレスや指輪に収まることなく、ルースのまま沈んでいる。誰かの落とし物かもしれない。拾ってレオナルドさんに預けようと、水に手を入れた瞬間。

視界が強い光に覆われた。眩しさに耐えきれず目を閉じると、平衡感覚が乱れて身体が崩れる。

この感覚には覚えがある。

これはこの世界へ来たときと同じ感覚だ。

第八章　しょっぱいパンの秘密

目が覚めると、見慣れた天井が目に入った。

うそ、だよね……

ここは、実家のキッチン。四人掛けのダイニングテーブルの脇に僕は倒れていた。

起き上がって確認する。テーブルには昔、妹たちが遊んでいるときに付いた傷があり、食器棚を開くともうここにはいない家族の茶碗やカップが並んでいた。異世界に行く前と何ひとつ変わっていない。

間違いなくここは元の世界、日本にある実家だった。

「……本当に帰ってきちゃったのか」

自分のいるべき場所に戻ってきたのに。また家族と会えるところへ帰ってきたのに。少しもうれしくなんてない。全身の力が抜け、崩れるようにその場にしゃがみこんだ。

またここでひとり寂しく過ごすのか。自分ひとりのためにごはんを作って、ひとりで食べて。

もうここに、僕の居場所なんてない……

何を作っても、もうディーンさんに食べてもらうことはできない。おいしいと喜んでもらえない。

せめて今朝もらった手紙と花を持ってきたかった。『親愛なるリツ』から始まる心のこもったあの手紙を。

ジンッと目の奥が熱くなり涙が頬を伝う。

シエラさんのアドバイス通り、気持ちをちゃんと伝えておけばよかったな。すれ違う日々のまま、最後にお礼も伝えられずに離れるなんて思ってなかった。

ディーンさんに迷惑がかかるからなんて言い訳だ。そばにいられる幸せを手放したくなくて、困ったような顔で断られるのが怖かった。曖昧な関係のままだったら傷つかなくて済む。

——でも、もうディーンさんには会えない。それが現実だ。

次々に溢れる涙は拭っても拭っても止まらない。

「リツくん」

「!!」

背後からかかった声に呼ばれ驚く。振り返ると、少し年上に見える黒髪の、一目で日本人とわかる女性が立っていた。なんとなく見覚えがあるような気がするけど、誰だかは思い出せない。

「驚かせてごめんね、リツくん」

「あ、あの、あなたは……？」

泣いてひりついた喉から絞り出した声で問うと、女性はにっこりと微笑んだ。

「私はリオ・グラッツェリア。結婚前の名前は、桜井莉緒（さくらいりお）」

「……？　莉緒さん……。ん……その名前ってもしかして……？」

その瞬間、強い光が隣の床から湧き出した。それはすぐに収まって、そこに立っていたのは……

「ディーンさん⁉」

会いたかった姿が目の前にある。

目が合うと同時に強い力に引き寄せられ、抱きしめられた。身体に馴染んだ体温が震えるほど心地いい。また会えた。それだけでうれしい。

頬に伸ばされた手に促されるまま顔を上げると、初めて会ったときと同じ、心配に揺れる蒼い瞳が見えた。

「リツ、怪我はないか？　目が赤いな……。泣くほど怖い思いをしたのか」

怪我はないけど怖い思いはした。

——二度とあなたと会えなくなるんじゃないかと。でも、もう一度会えた。

「僕は大丈夫です。ディーンさんこそ……」

初めて会ったときみたいに顔色は悪いし、クマもひどい。激務での疲労が身体に表れている。

「お仕事大変なんですね……」

「少しな。だが、それももうすぐ……と、失礼ですが、どなたでしょうか」

何かを言いかけて言葉を止めたディーンさんは、少し離れたところに立っていた莉緒さんを見た。

僕をかばうように背に隠す。

「リオ・グラッツェリア。ディーンハルト、あなたは知ってるでしょう？」

おもしろがるような莉緒さんの言葉に、ディーンさんはしかめっ面でボソリとつぶやいた。

「初代の……」

ディーンさんの初代という言葉で、やっぱりそうなんだと確信する。

「あなたは、妖精のリオ様なんですね。初代国王と強大な魔物を倒して、グラッツェリア王国を築いたっていう」

「え、そんな話になってるの？」

ディーンさんの背中から顔を出しながら聞くと、莉緒さんは予想外に驚いていた。

「違うのですか？」

「妖精なんてやめて。私はリツくんと同じ日本人だよ。まあ、この世界の人から見たら小柄だし、魔法が得意だったから、そう言われたのかもしれないけど」

「やはりそうだったのか」

その語られた真実にディーンさんは気づいていたらしく、うなずいていた。

「挿絵を見てから、もしかしてとは思ってましたが……まさか日本の方だったんですね」

「挿絵？　肖像画じゃなく？　まさか本になってるの？」

『建国史』や『建国物語』について、ディーンさんがかい摘んで説明すると、莉緒さんは頭を抱えた。

「すっつごい黒歴史。しかも、それが本になってるなんてしんどい」

〝黒歴史〟という言い方にハッとした。莉緒さんの名前や口調から違和感を覚えていたけれど。

「……桜井さんって、もしかして現代の方ですか。グラッツェリア王国が建国したは、七百年前と聞いてるんですが」

七百年前といえば、日本は鎌倉時代。とてもそのころの人には見えなかった。

「そう、リツくんと同じ時代の日本人だよ。高校からの帰り道で突然七百年前のこの世界に来ちゃったの。きっと、そのころに私が必要だったから連れてこられたんだと思うわ」

「それは大変でしたね……」

十代半ばで急に知らない世界へ来るなんて。その心中を想像していると、莉緒さんは明るく手を振った。

「全然だよ。むしろここに来れてラッキーって感じだった。学校は嫌いだったし、家にいてもひとりだったし。だから、異世界に来て魔法を使うのは楽しかったなぁ」

昔を懐かしむように莉緒さんは目を細めた。

「でも、食事は大変じゃなかったですか？」

簡単に安くおいしい食事が手に入る現代日本から異世界に行ったなら、あの食事事情は耐えられないと思う。僕がそうだったように。

「……そう、その件についてリツくんに謝りたかったの。ごめんなさいね」

莉緒さんはそう言って頭を下げる。

「えっ、あの、頭をあげてください」

「あのしょっぱいパンとかおいしくないスープとか全部、私のせいなの。本当にごめんなさい」

「え、ええ⁉」

「あれ、私が作ったのよ、製パン魔法」

驚いて隣を見ると、ディーンさんも初耳だというように首を横に振った。

「あとに言う強大な魔物を倒したあとの国は、惨憺たる状態だったわ。火魔法が多く使われたせいで焼け野原も多かった。建物は潰れたり焼け焦げたりしていて、どこを見渡しても残骸しかなくて……。あちこちに人の亡骸が転がってた。この国だけじゃない。大陸中が焼き払われてたくさんの血が流れたの」

淡々と莉緒さんは語っているけど、それは想像を絶する光景だったはずだ。

日本で平和に暮らし、異世界に行ってからも穏やかに過ごしていた僕には、きっと耐えられないほどひどい現実だろう。

「暴れる魔物を討ち取ったのにもかかわらず、世界は地獄絵図だった。でも、どんな状況でも食べなきゃ死んでいく。生き残った人たちで隠していた食糧を分けあって泣きながら食べたわ。最初は干した果物とかそのまま食べられるものがあったんだけど……」

そこで莉緒さんから深いため息が漏れる。

「小麦とか調理が必要なものばかりになってきちゃって。調理道具もほとんどない、かまどもなくなってみんなで途方に暮れたわ。まぁ、きっとかまどがあっても使えなかったと思うけど。たくさんの生命を奪った火を怖がる人がたくさんいたから……トラウマになっちゃったのね」

悔いるように莉緒さんは目を伏せた。彼女にもつらい何かがあったのかもしれない。

「だから、魔法で料理できないかと思ったんだけど！　私ってすっごい料理下手なうえに、味音痴だったのよ！」

莉緒さんはパッと顔を上げて叫ぶようにそう告白した。

「そうだったんですね……。あっ、でもほかにも人が、それこそ初代国王様も一緒だったんですよね？　味見をお願いするとかはしなかったのですか？」

自覚がないならまだしも、自覚があるなら他人を頼ればよかったのではと疑問を口にすると、莉緒さんは恥ずかしそうにプルプルと首を横に振る。

「トレイスはだめ……。私にめちゃくちゃ甘いから何を作ってもおいしい、おいしいって。私、それを信じちゃって。ほかの人も空腹だったり、身体の中の塩分が不足してたりしたせいか、それとも気を遣ってくれたのか……」

「あの、トレイスさんっていうのは……？」

「初代国王の名だ」

僕の疑問に答えたのはディーンさん。莉緒さんの話に思うところがあるらしく、眉をひそめてこめかみに手を当てている。

「製パン魔法以外にもいろんな料理に挑戦したんだけど、あんまりうまくいかなかったわ。……味はあれだけど、パンができたのは奇跡だったんだと思う。その代わりに服とか家具とか作る魔法は簡単にできたから、料理のセンスが壊滅的だったのかも」

莉緒さんは苦笑しながら語る。

「そんな背景があったんですね……」

「私が料理下手なばっかりに、国民にもリツくんにも迷惑かけてしまって本当にごめんなさい！」

「僕こそそんな事情があると知らずにひどいことを言ってしまってすみません」

「謝らなくていいのよ。本当においしくないんだし」

莉緒さんの言葉にディーンさんはうなずく寸前で止まった。不敬だと思いとどまったらしい。

莉緒さんもそれに気づいたらしく、ディーンさんをジト目で見ている。おいしくないと僕に言われるのは許せても、ディーンさんにうなずかれるのは嫌みたいだ。

「……あの、あと、ここって僕の実家ですよね？　どうして莉緒さんやディーンさんがいるんですか？」

ずっと気になっていたことを莉緒さんに尋ねる。

「説明してなかったわね！　ここはリツくんのご実家じゃないの。っていうか、日本ですらないわ。グラッツェリア王宮の中庭の地下よ」

「え？」

ここはどう見ても日本にある実家のキッチン。棚の中もテーブルの傷も間違いなく記憶にある通りだ。

「リツくんの記憶から作り出した空間、とでも思ってもらえばいいわ。リツくんにリラックスしてもらった状態で話がしたかったから、私が魔法でこうしてみたんだけど……ディーンハルトの仮眠室のほうが落ち着いた？」

「ここで大丈夫です！　すごく落ち着きます」

からかうセリフからして、莉緒さんは僕の気持ちを知っているんだろう。でも、本人を前にそういうことを言わないでほしい。チラリとディーンさんのほうを見ると、興味深そうに辺りを見回していた。ディーンさんにとっては異世界だもんね。

「それならよかった」

「魔法ってこんなこともできるんですね」

「私が特別なのよ。魔法のセンスはあったし、練習も実践もたくさんしたから。魔法でいろんなことをしたの。いいこともそうじゃないことも、ね」

「あの、もしかして魔法って僕にも使えますか？」

製パン魔法の改良ができたり、新しく料理を作れるようになれば、この国の食事事情もかなり改善できるはずだ。そう思いながら尋ねると、莉緒さんに残念な生徒を見る目で見られた。

「私の料理センス以上に、リツくんの魔法センスはないわ。これから三十年頑張ってやっとコップ半分の水が出るくらいかな」

「……そうですか」

「ていうか、新しい魔法を作るのって本当はとても難しいから。あなたたちがかわいがっているリアンでも無理かもしれないわ。あの子なかなかの逸材なんだけど」

「簡単にはいかないですね……」

がっくりと肩を落とすと、ディーンさんが背中をなでてくれた。

「リツは魔法が使えなくても大丈夫だ。私やリアンがいる」

「……ありがとうございます。あの、地上に戻ったらリアンくんに莉緒さんが褒めていたって伝えてもいいですか？　きっと喜ぶと思うんです」

そのとき、ようやく気づいた。一番大切なことを聞いていないことに。

「僕、戻れますよね？　リアンくんたちにまた会えますよね？」

「ええ、もちろんよ。あなたもディーンハルトも話が済んだら、中庭へ戻してあげる」

その言葉にディーンさんと顔を見合わせ安堵の息をつくと、莉緒さんに改まった声で呼ばれた。

「リツくん。私、もうひとつあなたに謝らないといけないことがあるの」

製パン魔法の謝罪をされたとき以上に真剣な顔で莉緒さんに見つめられた。そして、ディーンさんのほうをチラリと見る。

「なんでしょうか……？」

何を言われるのかまったく想像できず不安になる。

「この世界にあなたを呼んだのは私なの」

その告白に驚いたというよりは、腑に落ちたというほうが正しい。ここで会ったときから、頭のどこかでその可能性を考えていたからだ。それに莉緒さんの声には聞き覚えがあった。異世界へ来る前に夢の中で僕に助けを求めていた声の主は莉緒さんだったんだろう。

でも、疑問は残る。

「どうして僕を？」

「さっきの昔話の続きにもなるんだけど……」

トレイスさんとともに生き残った人々をまとめ、街を作り生活の安定を図った。莉緒さんの魔法のお陰もあり、人が増え街は大きくなり国を築いた。

莉緒さんは若くして亡くなったあと、遺してしまったトレイスさんや子孫をずっと見守っていたという。莉緒さん――妖精リオのためにつくられた噴水の下でずっと。

「だから今の私は幽霊ってところなのよ。幸いと言っていいのか、死んでからも魔力は残ってたの。それで、子孫を見て心配になったときは、子孫たちに助言したり苦言を呈したりと夢枕に立っていたんだけど……」

言葉を切って莉緒さんはディーンさんのほうを見た。ディーンさんは気まずそうに視線を逸らす。

「何度叱っても、このディーンハルトだけは生活を改めなかったの！　飲まず食わず、寝ずに仕事を続けて。まったく」

ご立腹とばかりに腕を組んでディーンさんを叱った。そして。

「そんなところまでトレイスに似てるなんて。あの人も私が見張ってないと、飲まず食わず、寝ずにみんなのために働き続けていたわ」

愛おしそうにディーンさん――彼を通してトレイスさんを莉緒さんは見つめた。

「ご心配をおかけしました……」

「もう怒ってないわ。疲れているときにあんなおいしくない物を食べさせてごめんなさいね？」

「いえ……」

製パン魔法成立の背景を聞いていたとき、ディーンさんが不敬にも莉緒さんの作ったパンがおいしくないと認めたことへ当てつけみたいなセリフに苦笑する。当のディーンさんもそれがわかったらしく口ごもった。

「それで、この子がちゃんと食べて休むには、私が叱るだけじゃだめだと思ったの。どうしようか悩んでいたときに、たまたまひとりでごはんを食べてるリツくんを見つけたのよ」

莉緒さんの瞳が僕を映す。

「……異世界に来る前の私に似てたから、目に留まったのかも」

「……」

似ていたってどういうことだろうと疑問は湧くけれど、まずは最後まで聞こうと黙って莉緒さんの話に耳を傾け続ける。

「無理やり連れてきちゃってごめんなさいね。でも……言い訳に聞こえるかもしれないけど、リツくんにとってもこっちに来たほうがいいと思ったの」

莉緒さんが微笑んでいるその目はどこか悲しげだった。

「どういうことですか……？」

「日本にいたころの私と似ていたから。リツくん、あなたここにいて幸せだった？」

そう言いながら莉緒さんは両手を広げ、実家の台所を示した。

途端に、実家での特に台所にまつわる思い出が映像のように溢れてくる。

幼い妹たちにせがまれるまま絵本に出てきたホットケーキを焼いている様子。祖母に教わりながらいろんな料理を作っている姿。家族とのたくさんの思い出が蘇り、それらは色褪せていく。

そして残ったのは、ひとり寂しく四人掛けのテーブルで食事をする僕の姿だけ。

妹たちが出ていってから淡々と生活していた。楽しいことがなかったわけじゃない。仕事はやりがいがあったし、職場の人はみんな優しくいい人たちだった。

それでも家に帰ればいつもひとりぼっち。

ひとり暮らしなんて大人になれば当たり前にしていることだから、これは普通なんだと思いこもうとしていた。寂しいといつも思っていたのに。

『リツくん、あなたここにいて幸せだった？』

「……いいえ」

そんな日はもうずっと昔のこと。

「誰も帰ってこない家で待つのはつらいよね」

同じつらさを知っているらしい莉緒さんが代弁してくれる。広い家から徐々に人が減っていって、最後に残った。たしかにそれは僕が選んだことだ。だけど。

「僕は、寂しかった……ずっと、ずっと……」

止まってた涙がまた溢れ出す。

「リツ、大丈夫だ。私がそばにいる」

ディーンさんから差し伸べられる手が温かい。

そうだ、今の僕はひとりじゃない。そばにディーンさんがいて、こうやって優しく抱きしめてくれる。

背をなでられディーンさんの鼓動を聞いていると、だんだんと落ち着いてきた。

たとえディーンさんと一緒に住めなくなっても、彼が誰かと結婚しても、僕はこの人を支えていきたい。離れてもディーンさんのためになにかできるならきっと寂しくはないし、淡々と日々を送ることもない。

「もう大丈夫です……」

そっと顔を上げると、目尻に残った涙に口づけられる。こういうことするから誤解しちゃうんですとあとで伝えないと。それでも今だけはこの甘ったるい優しさをひとり占めしたい。うっとりと目を閉じた瞬間。

「私のこと、忘れてない？」

莉緒さんの鋭い声に身を離す。

「ディーンハルト。あなたとトレイスの唯一の違いは手の早さね。何度も口説かれたけど、彼は付き合う前に手を出したりしなかったわ。正攻法でないと、手は入らないものもあるのよ？」

「……肝に銘じます」

そうディーンさんが答えると、莉緒さんは満足そうにうなずき、僕に視線を移した。

「さて、リツくん。私に残ってる力であなたを日本に帰すことができるわ」

「……!?」

思ってもない言葉。ここへ来て一番驚いたかもしれない。

日本へ帰れる。それは異世界に来てからの目標だった。ちらりと妹たちの顔が浮かぶ。

「でも、そうするともうこのグラッツェリアへ戻ってくることはできないの。残酷なことを言ってるのは重々理解しているわ。ごめんなさい」

何も言えないまま固まる僕に、莉緒さんは話を続けた。

つまり日本か異世界か、家族かディーンさんたちか、どちらかを選ぶということ。それなら……

「僕は――」

「時間をくれ」

莉緒さんに返事をしかけた瞬間、ディーンさんにきつく抱きしめられた。そしてディーンさんの喉の奥から絞り出された懇願に、莉緒さんは答える。

「そうね。今じゃなくていいわ。ゆっくり話し合って、リツくんの答えを聞かせて」

「……わかりました」

莉緒さんにそう返すと、僕を拘束するディーンさんの腕が少しだけ緩んだ。その力強い腕に僕は手をそっと重ねる。

そんな僕たちの無言のやりとりを見守っていた莉緒さんは片手を上にかざす。

「そろそろあなたたちを帰さないと。牙のとれた魔物に恨まれちゃいそう」

牙のとれた魔物とはどういう意味だろうか。まだこの国に魔物が生き残っているのかと問う前に、強い光が再び床から溢れ出す。

「じゃあね。またいつでも遊びに来てね」

そのときはお菓子を持ってきてくれるとうれしいわと、手を振る莉緒さんの姿が光の向こうに消えていく。

ディーンさんに抱きしめられたまま僕は目を閉じる。この光に包まれるのは、もう三度目。

だけど初めてひとりじゃない。ディーンさんと一緒なら僕は――

光が落ち着くと、中庭に立っていた。噴水の前にはシエラさんとレオナルドさんがいる。ふたりは僕たちが戻ってきたのを見つけ、駆け寄って来た。

「リッちゃん！」

「リツ様、ディーンハルト様、ご無事ですか？」

「私は問題ないが、シエラ、リツを診断してくれ」

「僕は大丈夫です、どこも悪くはありません」

ディーンさんの言葉に首を横に振る。今度はディーンさんが支えてくれていたから、座りこんですらいない。しかし、僕の主張は通らなかった。

「シエラ、頼む」

「わかったわ。リッちゃん、動いちゃだめよ」

ディーンさんの言葉に、シエラさんが以前と同じように魔法で僕の身体をスキャンする。

「ん、どこも異常はないわ」

「それならよかった」

シエラさんの言葉にようやくディーンさんも納得したらしい。

「あら、ちょっと痩せたわね。最近悩んでたことが原因かしら？」

「悩んでいた？　リツ、何か困っていることがあるのか？」

シエラさんのひと言でディーンさんの顔色が変わる。ガッと両肩を掴まれ、至近距離で顔を見つめられた。

くっつきそうなほどの距離でつめられ、どう答えようか困っていると、レオナルドさんが制してくれた。

「ディーンハルト様、続きはお部屋でされたほうがよろしいんじゃないですか」

「そうだな。行こうか」

ディーンさんに手を引かれ、連れていかれそうになったけど。

「でも、ディーンさんお忙しいんじゃ……」

「うっ……だが」

痛いところを突いてしまったらしい。僕だってこのまま話をしたいけど、僕のために仕事を放り出してほしくはない。それに、ちゃんと話がしたいのだ。

「聞いてほしい話があるんですが、時間がかかりそうなんです。今夜はずっと起きて待ってますので、ね……？」

そばにいると言ってくれたディーンさんから、黙って離れる不義理を犯すわけにはいかない。どんな返事がきても、この人を支えていきたいっていう僕の気持ちは変わらない。

「お願いします」

ディーンさんをまっすぐ見つめてそう言うと、やっと手が離れていった。

「わかった。今は仕事に戻る。だが、起きてなくていい。戻ったら起こすから寝ていてくれ。私もリツに聞いてほしい話があるし、状況によっては朝まで寝かせてやれないかもしれないから」

そんなに長い話があるのか、それとも仕事が終わるのが遅いのか。

気遣いに了承すると、ディーンさんは仕事に戻り僕はパン作りに向かったのだった。

第九章　最後は甘やかに

夜も随分更けたころ。ひとりベッドに寝転びながら、ディーンさんを待っていた。

「どう話を切り出そうかな……」

話の流れ次第では今夜のうちにここを出ないといけないかも。でも、ディーンさんのことだから朝までは置いてくれるかもしれない。それは甘えすぎかな。

ディーンさんの話はおそらく婚約のことだろう。並んで歩く皇女様は遠目に見てもとてもきれいで、お似合いのふたりだった。

そんなことを考えていると、執務室のほうからドアの開く音が聞こえる。慌てて身体を起こし、ベッドから降りるとちょうどディーンさんが帰ってきた。

「おかえりなさい。お仕事、お疲れ様でした」

「リツ……寝ていなかったのか」

「ディーンさんにどう話そうか考えていたら、目が冴えてしまって……ごめんなさい」

そう言うと、ディーンさんに頭をなでられた。

「……リツの話を聞く前に私の話を聞いてもらいたい。いいだろうか」

何かを決意したような力強い視線に僕も腹を括った。肩が触れそうな距離に並んでベッドに座る。

「リオ様が私を子孫だと話したのは覚えているか。実は私は前宰相であるシュタイナー公爵と血が繋がっていない。本当の父親は国王陛下なんだ」

莉緒さんの話からそんな気はしていたけど、ディーンさんはやっぱり王家の血を引いていたのか。

「陛下が王妃様と結婚する前に親しくしていたのが私の母だったんだ。私の母は下級貴族の娘で、いわゆる身分違いで結婚はできない。だから、陛下の婚約をきっかけに別れたんだ。しかし、そのときにはすでに私を身籠もっていた」

淡々と話を続けるディーンさん。自分の両親のことを話しているとは思えない語り口だった。

どんな気持ちなのか僕には想像もつかないけど、放っておくこともできず、ベッドに置かれた彼の手に自分の手を重ねた。

「誰からも歓迎されない妊娠に傷つく母に気づき、助けてくれたのがシュタイナー公爵家を継いだばかりの父だった。母は王家どころか、公爵家とも結婚できるような身分ではなかった。けれど、父は王家の血を引くお腹の子を放っておけないと周囲の反対を押し切って、強引に結婚したそうだ」

公爵さんのことを話すディーンさんの声は、いつも通り優しくなった。この人の優しいところは、育ての親である公爵様に似たのかもしれない。

「そして私が生まれたんだが……娘に生まれるか、せめて容姿が母似であったなら誤魔化しようがあったかもしれない。しかし私は、陛下というより初代国王であるトレイス様の生き写しと言われるほど、王家の血を色濃く受け継いでしまった」

伴侶であった莉緒さんが認めるぐらいにディーンさんがトレイスさんに似ているのなら、公爵様の子だと言い張るのは難しいだろう。

「陛下と母の関係が広く知れていたこともあって、私の出自は王家も貴族もみんな黙して語らない公然の秘密となった。長じるにつれ実母から持て余され、周囲から一定の距離を置かれていた」

つらさをまったく感じさせず、他人事のように一歩引いた目線と声音で語っているけど、つらくないわけがない。自身の出自に対して責任を負わされ、当の実母からも周囲からも遠巻きにされていたなんて……

たまらなくなって、ディーンさんの腕を抱きしめた。そんなことで今さら幼い彼が救われるわけじゃない。

けれど、聞いている僕が悲しくてたまらなかった。以前ディーンさんは僕の料理で育ちたかったと言っていた。僕も幼いディーンさんに寄り添いたかった。彼が僕にしてくれたように。

震える僕の手に、ディーンさんの捕まえていないほうの手が重なり、指が絡められる。至近距離の蒼い瞳に悲しさは見つからない。

安堵する僕に言い聞かせるようにディーンさんは話を続けた。

「そんな周囲にかまうことなく、唯一父だけは実子である弟たちと分け隔てなく公平に接してくれた。宰相職と公爵家を私に譲りたいとまで言ってくれたが、断った。正統な血筋の者が継ぐべきだと。自分の血が続いては、王家にとっても国にとってもよくない。一生ひとり身で過ごすつもりだと話すと叱られてしまった。そんな悲しいことを言わせるために育てたんじゃないと」

あれ、でも婚約するって話じゃなかったっけ、と困惑する僕をよそにディーンさんの話は続く。

「父に説得され、宰相職だけ受け継ぐことに落ち着いた。それからは私の生命を救い、育ててくれた父に報いたいと寝食を忘れ、仕事に没頭していたんだ。そうしていたら、今度はリオ様に夢の中で叱られてしまった。……まさか、本当に本人だとは今日まで知らなかったが」

そう言ってディーンさんはクスリと笑った。

「公爵様は今は？」

「領地で弟に仕事を教えながら引き継ぎを行なっている。先日、手紙でリツのことを書いたら、ぜひ会いたいと返事が来た」

「僕もお会いしたいです。そのときはパンとお菓子でおもてなしさせてください」

「ありがとう。次に会ったときは謝る必要があるかもしれないから助かる」

「謝る？」

聞き返すと、ディーンさんは腕の拘束をするりと抜け出し、僕の頬を両手で包んだ。突然の行動の意味がわからず、戸惑いながらディーンさんを見つめる。

「ディーンさん……あの」

「前言撤回したくなったんだ。ひとり寂しく生きていこうと思っていたんだが、一緒に生きてほしい人が見つかったと」

ディーンさんは真剣な表情のなか、蒼い瞳は溢れ出しそうな愛おしさに満ちて僕を見つめている。

一緒に生きたい人って誰のことですか？

かすかな期待に胸の奥が鳴る。ディーンさんは何かを決意するように一瞬目を閉じたが、射抜くような強い瞳が僕を捕らえた。

「リツ、ずっと私のそばにいてほしい」

「え？」

ディーンさんの言葉に驚きと喜びがない交ぜになる。

莉緒さんの前でもそばにいると言ってくれたけど、今の言葉は違う意味を持つ。一緒に生きてほしいとディーンさんは言った。

つまり僕とこれからの人生を伴にしたいということ。

「……僕、ですか？」

ぽろりとこぼれた本音。

話を聞くまでディーンさんがパートナーに選んだのはあの皇女様だと思っていた。見つめ合う瞳に確かな愛を感じても、わずかな不安と疑問が残る。

僕のつぶやきを驚きと捉えたディーンさんは、苦笑しながら熱い吐息で耳たぶに囁く。

「そんなに驚くとは思わなかったな。ずっと口説いていたつもりだが」

久しぶりに聞く艶を帯びた低音に肩が跳ねる。

「リツの気持ちを聞かせてくれ……」

僕だって話したいけれど、ディーンさんがそうさせてくれない。耳から首筋へ口唇（くちびる）が這う。ぞくぞくと背が震えるのを耐え、気になっていたことを問う。

「あ、の……婚約は？」

「そうだな、リツさえよければしたいと思っている。私としては、今すぐにでもリツを名実ともに私のものとしたいが、かまわないか？」

違う。ディーンさんの言葉はうれしいけど、僕のことじゃなくて。

「他国の皇女様と、するって聞きました……んっ」

言い終わる前に首筋の柔らかいところに吸いつかれ、声が漏れてしまった。羞恥に耐えながら答えを待つと。

「ん？　いや、たしかに外交を目的に他国の皇女様との婚約がまとまったが、その相手は私じゃない。まだ内密だが王太子殿下とすることになっている」

「え？」

「殿下はまだ十六だから、一応国王陛下の息子である私の婚約だと誤解されたのかもしれないな。そんな噂を信じたのか？　悪い子だ」

ディーンさんはそう言って、僕の鎖骨を甘噛みする。

「んん……だって、薬草園を楽しそうに歩いているのを見ました。てっきり……」

「あのときか。旅の疲れで寝こんでいらした殿下の代わりに王宮内を案内していただけだ。……誤解は解けただろうか？」

「はい……」

火照る頭でコクンとうなずくと、上機嫌なディーンさんに頬に音を立ててキスをされる。

「皇女様と私の姿を見て、リツがどう思ったか教えてくれるか」

どう思ったか。あのときは……

「僕はここを、この部屋を出ないといけないと思いました」

僕の言葉に口づけをしようとしていたディーンさんが固まった。瞬きを忘れた瞳は揺れ動き、震える口唇は生気を失っている。

「まさか、リツの話というのは……？」

「この部屋を出ようと思っていると話すつもりでした……」

ディーンさんの気持ちを聞くまでは、ここを出て陰からディーンさんを支えていきたいと思っていた。ぼんやりする頭でそんなことを考えていると、ディーンさんから苦しげに尋ねられる。

「それは元の世界に戻りたいということか……？」

「いいえ！　そうじゃなくて。ディーンさんが婚約されると思っていたので、僕がここにいるのは邪魔になると思ったんです」

「誤解させてすまない……」

「そうではなくて、いや、誤解はしてたんですけど……。その、僕がディーンさんを勝手に一方的に好きになってしまったので、一緒にいるのがつらくて――んんッ」

最後まで話をすることはできなかった。ディーンさんに口をキスで塞がれる。

「リツ」

啄むように繰り返されるキスの合間に名前を呼ばれ、愛を囁かれる。

「リツ……私も好きだ。初めて会ったときからずっとリツを愛している」

息継ぎすらままならないキスでとろけた視線の先に見えるのは、愛しくてたまらないという顔で僕を見つめるディーンさん。

「僕も愛し、て……、ぁ、待って……んぁ」

まだ気持ちを伝えきれてない。キスされながら、行為の続きを予感させる手に甘くうずく腰をなぞられる。

「待てない……リツ」

「ディー、ンさぁ、好き……ディーンさ……あっ」

ちゅくと音を立てて口唇を吸われる。もう、身体が熱くてどうにかなりそうだった。熱に浮かされ、ただ夢中でディーンさんの名前を呼び続ける。

「リツ、私を受け入れてくれ……」

耳たぶを食まれるように言われた言葉の意味を考える余裕はない。

「は、ぃ……？」

「うれしい」

聞き返したつもりだったが、そう返され、腰掛けていたベッドに押し倒された。

キスを繰り返しながら、ディーンさんの大きな手がくすぐったり揉んだりと、小さないたずらをしながら身体中をなでていく。服越しの愛撫がもどかしく焦れったい。でも、それを直接言葉にするのは恥ずかしく、ディーンさんの服を引っ張った。

「ん……ディーンさ、ん……」

「どうした？」

間近にある瞳が意地悪く問う。

「服を……」

「脱がせてほしい？」

こくんとうなずくと、長い指が夜着のボタンにかかった。ひとつ、ふたつと外されていくのを見ながら、はっとしてディーンさんの服に手を伸ばす。シャツのボタンを外そうとしたが緊張しているせいか、手が震えてしまいうまくできない。悪戦苦闘するうちに、ディーンさんのほうはボタンをすべて外し終え、こちらを楽しそうに見ていた。

「すみません、うまくできなくて……」

「かまわない。初々しいリツを見られただけで満足だ。ボタンは私が外すから、リツは脱がせてくれるか？」

それくらいならできそうだとうなずく。

宣言通り、ボタンを外したディーンさんに促され、シャツを脱がせ上半身を晒す。書類仕事に追われているのに、いつ鍛えているのかディーンさんの身体は引き締まり、美しい。均整の取れた身体に見惚れていると。

「下は脱がせてくれないのか？」

ディーンさんは僕のズボンを引っ張りながら、続きを促した。慌てて手を伸ばしたが、間近に下腹部の熱を感じて固まり、視線を逸らす。

「リツ？」

「下は……ディーンさんに、お願いできませんか」

「今回は引き受けよう。――私も早くリツに触れたいからな」

そう言ってディーンさんは僕の服を先に脱がすと、彼自身もいつの間にか全裸になっていた。一緒にお風呂も入り、触れ合ったこともあるけど気持ちを伝え合った今が一番恥ずかしい。ディーンさんの視線から逃げるように身を捩ったが、簡単に捕まりベッドへ縫いつけられた。

せめて足を閉じようとしたが、ディーンさんの身体に阻まれ、彼の身体に足を巻きつけてしまう。

「リツが積極的でうれしいよ……だが、まずはかわいがらせてくれ」

「や、ちが……ッ」

「本当に？」

ねだったつもりはなかったのに。ディーンさんもそれをわかっていて、からかっているのだ。いつもは過保護なほど甘く優しいのに、ベッドでは意地悪だ。

ねだったわけではないと返したいのに、以前、あまりに強い快感にストップをかけた胸の突起の周囲を優しくなぞられ、腰が跳ね背が仰反る。

「あぁッ……んゃ、んんっ」

口からこぼれるのは、意味をなさない言葉ばかりだった。

「嘘はいけない。今だって、積極的に私に胸を弄れと突き出しているじゃないか」

与えられる快感に背が反っただけで触ってほしいと強調しているわけじゃないのに。

「どうしてほしいか、言ってごらん？」

「あぁ……！　息がっ、そこ……」

ディーンさんに胸の近くで囁かれ、触られていない先端が吐息で震える。そこで喋らないで、とお願いしたつもりだったのに。

「あぁ、息をかけてほしいのか」

ふっと強く吹きかけられ、たまらずディーンさんの頭を抱く。すると、ちょうど彼の口唇が胸の先端に当たってしまった。そのままぱくりと口に含まれ、痕がつきそうなほどきつく吸い上げられる。

快感が全身を駆け抜け、足をまたディーンさんの身体に巻きつけてしまった。

「ッ、ぁ……っ」

解放されることなく、ディーンさんは、熱い舌で捏ねたり突いたりしながら僕を追いつめる。逆の突起も指で摘まれたり、爪の先で引っ掻かれたり快楽を与えられ続け、硬くなっていくのが自分でもわかってしまう。

揺れる腰が止まらない。触られていない下腹部に熱が溜まり続ける。もうイきたくて仕方ない。

触りたいけど、いいのかな？

「ディーン、さ……もぅ、さわって……？」

息も絶え絶えに触っていいかと尋ねると。

「おねだりできて、いい子だ」

え？　おねだり？　キョトンとしているうちにディーンさんは空いていた手で下腹部を包んだ。

「あぁんんっ」

直接的な強い刺激に高く大きな声が出てしまう。吐精しそうになったところを根元を握られ、止められる。

どうして？　と恨みがましく見つめると、胸を弄っていたディーンさんと目が合い、見せつけるように舌で先端を押し潰された。痺（しび）れるような快感にまた腰が揺れる。

「リツ、もっとここを舐めてほしい？」

意地悪な問いかけに首を横に振って答える。両胸で赤く色づく先端は、ぷっくりと膨れ限界を訴えていた。

「そうか、リツがいやなら、仕方ない。ここを舐めるのはもうやめておこうか」

やっと解放され安堵したのも束の間、今度はありえないところをしゃぶられた。

「……ッ！」

さっきまで握られていた下腹部は、ディーンさんの口の中。根元は戒められたまま、全体を舐め回され、先端の穴を舌でいじられ、吸いつかれる。

初めての経験にどう快感を逃していいのかわからない。ただただ、一方的に与えられる快楽に溺れ喘ぐだけ。

「はぅん――あ、あぁ……ぃや、おねがい、もう、いかせて……」

すぎる刺激に涙がこぼれた瞬間、根元の手が外され口腔に深く含まれた。

「だめぇー！」

腰をディーンさんの口から引き抜こうとしたが間に合わず、口腔に吐き出してしまった。ゴクンとディーンさんの喉が鳴り、僕が出したものが飲まれたことを知る。

「な、んで……あ、あ、……んぁッ」

熱に解放され呆然としていると、敏感になっているものをさらに吸い上げられる。何も出なくなるまで解放してもらえなかったせいか、また緩く立ち上がってしまった。

「リツはこんな味がするのか」

ディーンさんは口の端についた残滓をペロリと舐めとる。その行為と色気にクラクラした。

「え、あ……」

衝撃に言葉が出ない。

「どうしたんだ？」

「な、めたり、飲んだり……」

片言でどうにか行動の意味を問おうとしたが。

「リツもしたいのか？　それはうれしいが、今夜は私に任せてくれないか？」

やっぱり伝わっていなかった。

でも、同じことをしてくれと言われなくてホッとする。ディーンさんが望むならば僕もやぶさかじゃないけど、サイズ的に口に含めるのだろうか。

そう思って、ディーンさんのほうを見ると。

僕のとは比べられない大きさのものが、お腹につきそうなほど勃ち上がっていた。こんなに大きかっただろうかと、つい、まじまじと見てしまってディーンさんに苦笑された。

「そんなに見られると、さすがに恥ずかしいな」

「す、みません……つい、大きさに驚いて」

思わず本音がこぼれてしまった。

「ほう……リツの好みだといいんだが」

「好みって……そんなことわかりません」

「そうだな。初めてだからな」

僕はこくっとうなずく。

「では、しっかり確かめてくれ」

ディーンさんはそう言うと、僕の身体を返す。そして、いつかみたいに四つん這いにされる。

あのときと違って今はシャツ一枚すら羽織っていない。お尻も太もももすべてをディーンさんに晒している。

「何度見てもいいな……」

うっとりとつぶやいたディーンさんは、お尻をやわやわと揉み始めた。ディーンさんに触れられると、お尻まで気持ちよくなってしまう。

「ん、んぁ……んんっ」

ディーンさんの手に合わせて声が出る。それに気をよくしたみたいに強く揉みしだかれ、僕は逃げるように腰を揺らした。

「リツ、逃げるのはなしだ」

「ちが、やぁんん、気持ち、よくて、腰が勝手に……ッ」

「やっぱり尻も感じるんだな……ここは、どうかな？」

両手でお尻を割り開かれ、奥まったところにディーンさんの熱い息がかかる。

──まさか。

そう思っているうちに、ペロリと後孔を舐められ、尖らせた舌を捩じこまれる。いくら魔法できれいにしてもらっているとはいえ、そこはさすがに汚いと慌てて腰を引く。止めようとした腕を逆に抱きこまれ、深く舌を突き入れられた。

「あ、あぁ、んんぁあ……」

ピチャピチャと音を立てながら、唾液を塗りつけられる。快感と背徳感にぐずぐずになっているうちに指まで差し込まれていた。中を刺激しながら、抜き差しされる舌か指がある一点を掠めた瞬間。

「……ッ！」

ピリッと電気が走りそうなほど強い快感にビクンっと震える。

「な、に、今の……」

わけがわからず混乱する僕とは逆に、ディーンさんは以降そこを重点的に刺激していく。

「あ、あ、あぁっ」

快感に声が止まらない。身体にはもう力が入らず、ディーンさんに抱かれている下半身だけが持ち上がっていた。責められ続ける後孔には、ディーンさんの指が増えている。それはわかるけど、今何本入れられているのか。

とろとろに溶かされた孔から、汗とも唾液ともつかない滴が垂れる。それすら気持ちよい。なのに快感に慣れてしまったのか、だんだん舌と指だけではもの足りなくなってきた……

「ディーン、さん……もっと」

「リツ？」

背中越しに見つめると、顔を上げたディーンさんのぎらついた瞳と目が合う。食べられる……

「あ、の……」

なんと言えばよいのかと身を捩り視線を落とすと、再びディーンさんのものが目に入った。張りつめたそこは、だらだらと液体を垂れ流している。凶悪な形のそこに釘付けになって目が離せないでいると、腰を掴まれた。

勃ち上がったそこを後孔にくっつけたり離したり。淡い刺激が繰り返される。

「ディーンさん……」

そんな刺激じゃもう足りない。手を伸ばして求めると身体を返され、正面から抱きしめられる。

「いいか？」

切羽詰まったような声で囁かれ、こくこくと性急にうなずくと抱擁を解かれる代わりに、両膝を掴まれ広げられた。足の間に収まったディーンさんの熱が近づいてくる。

……早く、早く欲しい。

そんな願いが伝わったのか、屹立したものが後孔に突き入れられる。僕の中で脈打つディーンさんを感じて、ようやく繋がれた安心感に涙が込み上げてきた。心のどこかにずっと空いていた場所が埋まるような満ち足りた気持ちで胸がいっぱいになる。

「ディーン、さん……」

言葉にできない幸福感が少しでも伝わるように重なる身体をぎゅっと抱きしめた。ディーンさんも応えるように名前を呼びながら、キスを繰り返してくれる。

「リツ、リツ……」

だんだん深くなる口づけに満足感で忘れていた快感を思い出す。

いいか？　と問う目にうなずき、続きを求める。気遣うようにゆっくりとはじまった抽送のもどかしさに耐えきれず、ディーンさんの腰に足を絡めた。見上げたディーンさんの顔には驚きと激しい情欲が浮かんだ。

一突きごとに深く強くなる交わりに翻弄され、意識が飛びそうになる。何度も何度も繰り返し熱い屹立を挿入され、そのたびに弱点をつかれた。

涙で滲む視界に映るディーンさんにいつもの余裕はない。銀糸を乱しながら腰を使い、僕を喰らい尽くそうと必死だ。もっと、もっと、僕を求めてほしい。

「ディーン、さ……好き、好き……」

速まる抽送にお互いの限界が近いのを感じる。一緒にいきたい。

そう手を伸ばすと、同じく伸ばされた手に絡め取られる。指を絡ませ、きつく握り合ったとき。

「――くっ」

「あぁん――！」

深く突き入れられた屹立が中で弾けた。同時に僕の中もビクビクと震える。

「ん？　なんで……？」

たしかにイったはずなのに、僕の中心は何も出さないまま緩く立ち上がっている。

「初めてなのに中で感じてくれたのか……かわいいな」

ディーンさんは何か知ってるようにうなずいたけど、僕は混乱したまま何がなんやらわからない。

「どう、して」

肘をつき、起きあがろうとした瞬間、体勢が変わったせいでまだ中に収まっていたディーンさんを刺激してしまった。

「――ッ。リツ？」

いつかと同じ状況。でも前と違ってディーンさんは僕の中でイったはず。

「わざとじゃ、ないです……」

「そうだな。だが、わざとじゃないにしても、私を刺激したのは誰だ？」

「……僕、です」

「そうだな」

「どうしたら、いいですか？」

「ただ感じてくれ。今度は一緒にいこう」

そうしてまた始まった律動に腰を震わせた。二度目の挿入は中に残るディーンさんの残滓のせいかスムーズな分、奥深くまで突き入れられる。

「あ、あ、……ッん、ッ……」

強い刺激についていけず、ただ喘ぎ、ディーンさんに縋りつく。ふたりの間で動きに翻弄される下腹部は熱が集中し、今にも弾けそうだ。ディーンさんの熱も僕の中で硬度を増している。お互い限界が近い。

「ディー、ンさぁんッ、もう……い、かせて……」

潤む視界のなか、懇願するとちゅっと目元に口づけられ、ディーンさんの手が僕の中心を柔らかく包んだ。そんなかすかな刺激すら、今は強い快感に変わる。

「──あッ」

吐精を促すように先端を擦られた直後、ディーンさんの手を汚す。同時にディーンさんも僕の中に吐き出した。

「──ッ」

「はぁ……ぅん……っ」

荒い息を整えていると、不意にディーンさんに抱き上げられ、身体に乗り上がるかたちで抱きしめられた。全身に感じる冷めきらない体温が心地いい。何も言葉を交わすことなく、ディーンさんの胸に顔を埋め、じっと重なる心音を聴き続けた。

急に腹に回った腕の拘束が強まり、どうしたのかと見上げると、ディーンさんの目蓋(まぶた)がとろんと落ちかかっている。子どもみたいなあどけない顔がかわいい。

「明日もおいしいもの、作りますね」

これから先もずっと一緒にごはんを食べたい。ディーンさんとなら、それはきっと叶うだろう。

やがて訪れた眠気にそっと目を閉じた……

エピローグ

ディーンさんと僕の関係が落ち着き、一緒にいることが増えても日常は大きく変わらなかった。

毎朝迎えに来てくれるリアンくんと護衛騎士に挨拶して、騎士団詰所に向かう。

僕の護衛からレオナルドさんはしばらくして外れた。僕との間に何かがあったわけじゃなく、急に団長のジークさんが退団し、シャルさんを伴って領地へ帰っていったことでレオナルドさんが騎士団長へ昇進し、忙しくなったことが理由だ。

仕事で会うことがほとんどなくなったけど、たまにシエラさんに会いに医務室を訪ねると、お茶を飲みに現れ、相談にのってくれたりする。暇なのか忙しいのかわからない人だ。


今日は久しぶりのディーンさんのお休みの日。

食事は昨日二日分用意したから僕もお休みにしてもらった。昨夜は空が明るくなるまで抱き合っていたせいでまだ眠い。

僕を抱きしめながら眠るディーンさんの顔色は初めて会ったときより、かなり改善した。寝不足のせいでクマはあるけど、それも間近で見てうっすらわかるくらいだ。

「昨日、大人しく寝てたらクマも取れたはずなのに……」

僕は小さくつぶやいて、ディーンさんの目元をなぞる。すると、手を引く前にさっとディーンさんに取られた。

「起こしちゃいました？」

「いや、少し前に起きていた」

握りこまれた左手にそっと口づけられる。やわやわと薬指を甘噛みされ、口に含まれると背筋に甘い快感が走った。

「ん――ッ」

「そんなかわいい反応をされては、今夜も大人しく眠れそうにないな？」

「だめです。ちゃんと寝ないと。昨日だって、寝ましょうって誘ったのに」

せっかく休日を満喫するために早めに寝ようと言ったのに、眠ったのは何時間もあとだった。

「ん？　だから、誘いを受けて寝ただろう？」

「そういうことじゃなくて。……ディーンさんってベッドの上だと、ちょっと意地悪ですよね？」

「リツはベッドの上だとさらにかわいく、私に甘くなるな？」

そんなことないと思うけど……言い切れない。

「もっとかわいいリツをもっと愛でていたいが、そうもいかなくなった」

名残（なごり）惜しそうに、こめかみにキスを落とされる。

「お仕事ですか？」

「いや、リオ様に叱られた。いつリツを連れてくるんだと」

そう話すディーンさんの表情はやや不服そうだ。夢枕ってそういう使い方するんだっけ。

あの日、莉緒さんと会って以来、中庭にも地下にも行っていない。王太子殿下の婚約が正式に発表されたことで、ディーンさんが忙しかったからだ。諸々の行事が終わり、ディーンさんとともに久しぶりの休みを満喫している
「じゃあ、今日は莉緒さんにお礼とご挨拶に行きましょうか」

——僕をこの世界に呼んでくれて、大切な人に出会わせてくれてありがとうございます、と。

そう話すとディーンさんに深くキスをされ、腰をくすぐられた。

「んぁ……ディーン、さ……」

「かわいいことを言うリツが悪い」

「そんな……ぁ……」

弱いところを甘噛みされ、本格的に熱が灯り始めた。

莉緒さん、すみません。もう少しだけ待っててくださいと心の中でつぶやく。申し訳ないと思いながらも、ディーンさんに求められる誘惑には抗えない。最愛の人からもたらされる愛情を両手に抱きしめる。

たとえ何が起きたとしても、これからもディーンさんのためにここでおいしいパンを作っていきたい。

——僕は今とても幸せです。

番外編　優しい魔物の物語

第一章　小さな魔物

強大な魔物はこうして初代国王トレイス様と妖精リオ様の手によって倒されたのでした。

グラッツェリア王国に七百年伝わる建国の物語。

しかし、それは勝者側から見た表面的なストーリーにすぎない。いつの時代も勝った者が紡ぐ歴史が正史であり、敗れた者が口を出すことは許されないのだ。

マクブライアン家に代々語り継がれてきた『建国史』は敗者が口を閉ざした歴史だった。

レオナルドはベッドに寝そべりながら読んでいた本を閉じる。

「何を読んでたの？」

「シエラ」

シャワーを終えたシエラは自分のベッドでくつろぐ恋人の手元に目をやり、本のタイトルを確認すると眉をひそめた。

「『建国史』じゃない……」

「リツ様との話に出てきたから復習しとこうと思って」

そううそぶいたレオナルドはシエラの腰を抱き寄せ、首筋にキスをする。

「覚えるくらい読んだでしょう。時々、あなたが何を考えてるのかわからなくなるわ……」

レオナルドは口唇(くちびる)をだんだんと下へと移動しながら、シエラの夜着を剥ぎとっていく。白く滑らかな肌に少しでも自分の痕跡が残るよう、キツく吸い上げ歯を立てる。

「俺より俺のことをわかってるのがシエラだろう？　今、何を考えてると思う？」

「んっ、さぁ、何かしらッ……ぁ、……ろくでもないこと、ってことしかわからないわ。……ぁんっ」

なだらかな胸の慎ましい突起を吸い上げると、嬌声とともに腕の中でシエラの上半身が跳ねた。

「ぁ……ん、ぅ……」

ねだるように、とがめるようにレオナルドに頭を抱きこまれ、シエラの髪を結っていた紐(ひも)が外れる。パサリと広がる髪が肌をなで、そのわずかな感触に艶やかな吐息をこぼした。

「シエラ……」

レオナルドの口角が上がる。

何度この優しく美しい幼馴染に助けられたかわからない。

レオナルドにとってシエラは恋人であり古馴染みであり、そして鎖だ。自分の身体に流れる魔物の血が表に出ないよう、王家の血を求めないよう、次の魔物を生まないよう繋ぐ鎖。

「レオ、もう……」

潤んだ瞳にキスを落とし、シエラの中に入っていく。抽送を繰り返しながら、レオナルドは伸ばされた手に指を絡める。

「ぁ、ぁ……」

シエラを満たしているはずが、満たされるのはいつもレオナルドのほうだった。

「ぁ、ぁ……ん、ぅ……」

速くなる動きに応えるようにシエラの中は熱く律動し、レオナルドを何度も迎え入れた。

「ん、ん、……はぁっ……」

「シエラ……」

濡れた口唇（くちびる）からこぼれる艶声にたまらず口づけ、呼吸を奪う。ぎゅっと強く抱きしめた瞬間、シエラの中でレオナルドが果てた。直後、つられるようにシエラ自身もレオナルドの背中に爪を立てながら弾ける。

「ぁーー」

「ーーッ」

背中に感じる痛みすら愛おしく、レオナルドはシエラの中で果てたあとも甘えるように抱きしめ、顔中に口づけた。シエラは整わない呼吸に喘ぎながらも、レオナルドの頭を優しくなでる。

――シエラがいつもより甘やかしてくれるのは、因縁深い本を読んでいたせいか。

◆　◆　◆

レオナルドがシエラと出会ったのは、学園に上がる前だった。貴族の教育は学園に入る前から始まる。レオナルドが育ったマクブライアン家でもそれは変わらない。

ただ、教わる内容だけが他家の子どもたちとは違っていた。


七百年前、グラッツェリア王国建国の礎（いしずえ）となったのは魔物の討伐などではなく、人と人による争いだった。

グラッツェリア王国の前身とも言える前王国、その王家に膨大な魔力を持つ双子の王子が生まれたことが悲劇の始まり。父と母、それぞれから受け継いだ金と銀の髪色をした王子。双子の王子は対照的な性格をしていた。

自信家で向上心の強い金色の王子は、王国を強くすることを望んだ。

努力家で穏やかな銀色の王子は、国民の幸せを願った。

ふたりの両親は、双子が手を取り合って国を繁栄させる未来を望んだ。

国を思う方向性の違いが軋轢（あつれき）を生み、衝突し、周囲を巻きこんだ争いへと発展していった。

金色の王子は両親に咎（とが）められようと、双子の片割れに刃を向けられようと、人々から恐れられ魔物と呼ばれようと王国を強くすることに情熱を傾けた。そして、自身の持つ魔力で歯向かう者を吹き飛ばし、火だるまにし、見せしめに命を奪った。たとえ実の両親であったとしても。

それが金色の王子の正義だった。彼の中で彼は悲しいほど正しかったのだ。

そんな金色の王子の暴走を止め、命を奪ったのは銀色の王子だ。

銀色の王子は別世界から来た黒髪黒目の女に守られながら、双子の兄の胸を冷たい刃で貫いた。

そして争いを終わらせたのだった。

金色の王子が貫こうとした正義は彼の死とともに、終わりを迎えた。銀色の王子も彼を助けた黒髪の女も、生き残った貴族も国民も誰もがそう思っていた。

ただひとり、金色の王子の忘れ形見を腹に宿した者以外は。

魔物の子の母親は銀色の王子を憎み、黒髪の女を呪いながら子を育てた。遺児はグラッツェリア王国の王家に呪詛(じゅそ)を吐き続けるのと同じ口で忠誠を誓い、やがてマクブライアン家を興(おこ)し貴族として取り立てられた。

そう、七百年の間、マクブライアン家は王家転覆を願いながら血を繋いできたのだ。


レオナルドもそれが正しいことと教えられ、育ったはずだった。

六歳ごろ貴族の子弟が親睦を深めるべく王宮の中庭に集められたガーデン・パーティ。

愛想よく微笑むのに疲れたレオナルドは、噴水のそばに置かれた長椅子に腰掛け、大人顔負けの社交術を披露する子どもたちを観察していた。

『くだらない……』

『何が？』

レオナルドのつぶやきを拾ったのは、真っ白なドレスに長い金髪を緩くみつ編みにした少女だった。少女は手に持った絵本をそばに置き、レオナルドの隣へ腰掛ける。

『ねえ、何がくだらないの？』

愛らしい顔で覗きこまれ、近づいた青い瞳に小さな心臓がドクンと跳ねた。

『そんなこと言ってませんよ』

速くなる鼓動を抑えながら、レオナルドはにっこりと愛想笑いを浮かべる。子どもにも大人にもかっこいいと評判の笑顔だ。

『うそつき』

しかし、残念ながらみつ編みの少女には通じなかった。

嘘を咎めるわけでもなく、ただ真実をそのまま伝えただけの言葉。その口唇を衝動的に塞ぎたくなった。それは何も言わせたくなかったのか、どんな味がするか気になったのか、大人になって振り返ってもわからない。

ちゅっというリップ音と、直後に響いた平手打ちの乾いた音は噴水の水音にかき消され、レオナルドと少女以外誰にも届かなかった。

『私はシエラ。ジェゼラルダ家の末っ子よ。五日以内に謝罪しにきて。ひとりで来るのよ？　わかった？』

『え？』

『すっぽかしたら許さないから』

そう言い残した少女――シエラが去ったあとに残されたのは、痛む頬を押さえるレオナルドと絵本だけ。レオナルドはシエラの忘れた絵本を拾い上げた。

『『建国物語』……？』

両親、特に父親に見つからないよう持ち帰った絵本をレオナルドは隠れて夢中で読み、自分が教えられてきた建国の悲劇に違和感を覚えた。

◆　◆　◆

事後の気怠い身体を起こし、レオナルドはシエラを抱えるように抱き上げた。

抱き合ったあとの満たされた時間が何よりも好きで、行為に疲れているシエラに申し訳ないと思いつつも、話しかけるのをやめられないでいる。

「初めて会ったときのことを覚えてるか？」

リツと交わしたやりとりからレオナルドは昔を思い出していた。

「あぁ、あのガーデン・パーティのこと？　もちろん覚えてるわ。……というより、レオが覚えていたことにびっくりよ」

「なぜ？　初恋の思い出を忘れるわけがないだろう？　あのときのシエラは本当にかわいかった」

純白のドレスをまとうシエラは小さな花嫁のようで、このまま結婚してしまいたいとすら思った。

そう冗談めかして伝えると、シエラは大袈裟(おおげさ)に驚いてみせた。

「あら、あなたの初恋ってディーンハルト様じゃないの？」

「どうしてそんな勘違いを？」

恋人の口から出た意外な名前にレオナルドは驚きすぎて、まじまじとシエラの顔を見た。

たしかに見た目もよく、大量の仕事もそつなくこなすディーンハルトのことは尊敬できる。しかし何かと因縁深い相手だし、尊敬していても恋愛感情を抱いたことは一度もない。

衝撃にがっくりと肩を落とすレオナルドの顔を、シエラの青い瞳がいたずらっぽく見つめる。

「違ったの？　だって昔からあの人の話ばっかりしてたじゃない」

わざとらしく嫉妬してみせるシエラにキスを送り、レオナルドは甘えるように抱きしめた。

「まったく誤解だ……たしかにディーンハルト様には思うところはあるが、恋愛感情を抱いたことは一度もない。絶対にだ。俺はシエラ以外を愛したことはないと」

レオナルドはシエラの形のよい耳にキスをしながら囁く。

「冗談よ。でも、そんなに必死で弁解するなんて、もしかして？」

「勘弁してくれ……大体あの人と実際に話すようになったのは、シエラと恋人になってしばらくあとだろう？」

◆　◆　◆

絵本を返しに会いに行ったことをきっかけに、シエラとは遊ぶようになった。

初めてシエラの実家を訪れたときのことをレオナルドは生涯忘れないだろう。

絵本を返しにきたと使用人に告げ、通された応接室で待っていると元気な足音が近づいてきた。シエラが来たことを察し、カウチから腰を上げたところで勢いよくドアが開いた。

『遅いじゃない！　三日も待たせるなんて信じられない』

呼び出されてやってきたのはレオナルドと同じような服に身を包んだ少年だった。

『ええ？　シエラ、男の子だったの……？』

約束は五日以内だったと反論することもせず、ただ呆然とシエラに確認する。問われたシエラはいたずらな笑みを浮かべ、全身を見せるようにくるりと一回転した。

『そうよ、私は正真正銘、あなたと同じ男の子。キスした相手が男で残念だったわね』

そう言ってふふっと笑うかわいい口唇（くちびる）に再度キスして、また叩かれたこともレオナルドにとってはいい思い出だ。

王家を慕う他貴族の思想に我が子が染まることを懸念して、友人を作ることに難色を示す父親もシエラが王宮医師長の家柄だと知ると、積極的な交流を勧めてくるようになった。何も言われなかったが、大方王家の健康状態などの情報を欲していたんだろう。

父親は息子から見ても異常なほど王家を憎んでいた。先祖代々の因縁に加えて、個人的な恨みもあったからだ。

現在の国王が王太子であったころ、のちにディーンハルトの母親となる女性と恋仲になった。レオナルドの父親は彼女に横恋慕していたのだ。歪んだ恋心はレオナルドの父親が別の女性と婚姻し、子どもが生まれてからも続いていたらしい。

らしい、というのはレオナルドがその話を聞いたのは、父親本人ではなく、母親に恨み言として聞かされ続けていたからだ。

王家を——国王を——逆恨みし続ける父親と、夫の愛に飢える母親。

両親が揃っていても、家庭にレオナルドの居場所はない。そんなときに出会ったシエラはレオナルドの親友であり、初恋の相手であり、秘密を吐露できる唯一無二の相談相手でもあった。


ふたりが学園へ入ってからは同級生として、さらにともに過ごすことが増えていく。

そんな思い出深い学園で、ディーンハルト・シュタイナーと出会った。……というよりレオナルドは彼のことを一方的に観察していた。

『熱心に見ているかと思ったら、今日もシュタイナー様を見つめているの？』

シエラはレオナルドの視線の先に気づいて、呆れたようにつぶやいた。

『とても理解できない人だと思って』

『そうね。特にあなたにはそうかもしれないわ』

『父親の恋敵と愛する女性の息子。そして、先祖を殺した男の生き写し。どれだけ俺は彼を憎めばいいんだろうな』

『何言ってるの。何ひとつ、あなた自身にも彼自身にも関係ないことじゃない。わざわざ憎まなくてもいいのよ』

『シエラのそういうところ、昔から大好きだよ』

甘やかしてはくれないくせに、求めるときに欲しい言葉を自然とくれる優しさに何度救われただろう。愛しい彼を抱きしめようとレオナルドが伸ばした腕は簡単にかわされた。

『勝手に言ってなさい』

シエラの言うことはもっともであり、レオナルド自身も本気でディーンハルトを憎んでいたわけでも、憎もうと思ったわけでもない。むしろ、その境遇に同情すらしていた。

自分自身が周囲に話さなければ露呈することのない業を背負ったレオナルドと、物心つく以前から自身の出生について周知されていたディーンハルトとでは生きづらさが全然違う。

しかし、学園で見かけるディーンハルトは他者を気にすることなかった。周囲の噂話が耳に入っているだろうに、常に何にも囚われず涼しい顔をしている。

誰からも一線を引かれると同時に、その能力の高さから一目を置かれる孤高の存在。

そんなディーンハルトに対して恋愛感情を抱いたことは一度もないが、羨望にも似た感情はずっと持っていた。

ディーンハルトと関わることになったのは、学園を卒業し、騎士団に入ってしばらくしてからのことだ。レオナルドは副団長となり、ディーンハルトは育ての父から宰相を引き継いでいた。

『レオナルド、来月の式典の警備のことで意見を聞きたい』

『騎士団の予算案だが、昨年より多くなっている原因をもっと明確に記載してくれ』

『ジーク作成の書類はこちらへ回す前にお前が確認してくれ……頭が痛い』

ディーンハルトの執務室へ訪れる機会が増えると、だんだんと話をするようになっていった。

実際に話してみると、ディーンハルトは存外普通の人間だった。学園にいたときは周囲の人間に興味がないものと思っていたが、そうでもないらしい。


ある日、ディーンハルトは小さな男の子を連れて騎士団詰所へ現れた。

『今日から私のもとで仕事をすることになったリアンだ』

『よろしくお願いします』

学園時代のディーンハルトによく似た冷たい瞳でリアンは頭を下げた。誰も信じない、味方なんて存在しない。そんなふうに思わせる目だった。

『リアンか。俺はジークだ。よろしくな』

ジークがいつもの調子でそう言って頭をガシガシとなでても、リアンは表面的な笑みを浮かべるだけで嫌がることも恥ずかしがることもなく受け入れていた。

……学園時代のディーンハルトに似ていると思ったが、シエラがいたら昔の俺にそっくりだと言うだろうな。

リアンの反応を見て、レオナルドはそんなことを思った。後々リツの護衛でリアンと関わることが増えてから、彼のその冷めた表情は悪意からの自衛手段であることを悟った。

リツが現れて以来、リアンやディーンハルトなどレオナルドの周囲にいる人間たちの表情が柔らかくなっていた。

◆◆◆

「そういえば、『建国物語』の絵本をリッツ様に貸し出したのか。なんのために？」

レオナルドは腕の中の恋人に尋ねた。

「リッちゃん、ずっとベッドで暇だと思ったの。それに……」

「それに？」

「あの子、すごく鈍いでしょう？　あの本を読んでいろいろ自覚してくれたらって思ったの」

幼児用の絵本を恋愛指南書に差し入れたと聞き、長い付き合いのレオナルドもさすがに眉をひそめた。

「絵本でって、リッツ様をリアンと同じ年だと思っていないか」

「まさか！　リアンのほうがまだマシよ。ちゃんとあの男の思惑もわかっているもの」

シエラの言葉に、護衛について以来見守ってきたリッツの姿を思い浮かべて苦笑する。

「リッツ様は本当にわかってないのか？」

「今日、私に相談に来たんだけど、ようやく自分の気持ちを自覚したって感じかしら。とにかく自分のことにいっぱいいっぱいで、あの男の気持ちを察する余裕はなさそうだったわ。困ったものね」

そう言ってため息をついたシエラは、レオナルドに身体を預ける。

「なんとか協力したいけどな……」

あのふたりには幸せになってもらいたい。自分にシエラが必要なように、ディーンハルトにはリツが、リツにはディーンハルトが必要だ。

レオナルドがそんなことを考えていると、シエラに口づけられ頭をなでられた。

「ディーンハルト様の幸せを願えるなんて。本当に大人になったわねぇ」

「否定しきれないな」

「学園にいたころは、あの男を見るたびに憎まなきゃって感じだったのに」

「あのころはまだシエラに振られ続けていたからな。人の幸せを願う余裕はなかった」

それ以外にも理由はあったことはお互い承知していた。

「それはあなたが本気じゃなかったからよ。本気で気持ちを伝えてくれたとき、すぐに受け入れたでしょう？」

「いつだって本気だったよ」

初めて会ったとき——うそつきと見透かされたとき——からレオナルドはシエラに恋をしている。みつ編みの少女が実は少年だと知ってからもその思いはまったく変わらなかった。

折に触れ、何度も告白を重ねるたびに、本気になったらねと繰り返し断られていた。

「そうね。私を好きだっていうのは本当だってちゃんとわかってたわ。でも、レオは本気で自分が幸せになろうとは思ってなかったでしょ？」

シエラの言う通りだ。

レオナルドが父を亡くしたあの日までシエラへの告白はいつも一方的で、シエラのことも自分自身のことも何も考えずに伝えていた。ただ事実を伝えるように、それ以上の意味はなく好きだと言い続けていた。

「本当に……初めて会ったときから、シエラには敵わないな」

父が亡くなったとき、悲しみ以上に解放感が溢れた。これでもう俺を縛るものは何もない。家からも先祖からも父からも何もかもから解放されたのだと感じていた。

そしてレオナルドは父の死を知ったその足でシエラの元へ赴き、愛を乞うた。

――シエラのすべてが欲しい、ずっと一緒にいてほしいと。

「父親が亡くなるまで血を絶やす覚悟を決められなかったのは、俺の中にも王家に対して思うところがあったからかもしれないな」

「馬鹿ね、違うわよ。あなたは父親の夢を壊さないであげてただけよ。いつの日かマクブライアン家が王家をのっ取れる可能性を、生きてる間だけでも信じさせてあげたかったんでしょう」

「シエラ……」

一生をシエラに捧げれば、自分のあとに魔物の血を引くものは生まれない。王家を恨み続けた一族の血は絶えるのだ。それは、王家と国王を死ぬまで恨んだ父親には何よりも許しがたいことだったろう。

血が絶える未来を知らないまま父は死んだ。裏切り者と墓から罵られているかもしれないと、時々レオナルドは思う。

「大丈夫。レオは私のこともお父様のことも裏切ってない。お父様は最期まで夢を持ち続けられたし、私はそんな不器用なあなたに愛されて幸せよ？」

シエラの笑顔にこれ以上ない喜びを感じる。レオナルドの背負う業を知ってもずっとそばで励ましてくれたこの微笑みに何度救われただろう。

「俺もシエラがいてくれてとても幸せだ……」

ぎゅっと抱きしめると、腕の中でシエラが身じろぐ。

「……なんだか恥ずかしくなってきたわ。そろそろ寝ましょう？　……おやすみ」

頬に口づけをくれるシエラに申し訳なく思いながらも、レオナルドは自身の現状を伝えるべく、ベッドに押し倒す。

「……シエラ」

耳元で甘く名前を呼べば、付き合いの長い恋人が察するのは早い。

「え、待って？」

「待てない。もう一度……」

「レオ……ん」

抵抗する手に自身の指を絡め吐息を塞ぐと、レオナルドはゆっくりとシエラの欲を引き出した。

第二章　心配する魔物

他国へ赴いていた国王と王太子が帰国してから、王宮はにわかに忙しくなった。宰相であるディーンハルトも多忙を極め、リツとまともに会えずにいたその最中、王宮内で妙な噂が流れていることをレオナルドは耳にする。


ディーンハルトが他国の皇女を娶るらしい。

正式に国王の息子として王家に迎え入れられるらしい。

公爵家を継がないのは、王太子殿下を退けて自分が成り代わるためらしい。


どれも根拠が希薄で、ディーンハルト本人と近しい間柄の者が聞けば嘘だとすぐにわかりそうなものばかりだ。

しかし、そんなでたらめも醜聞を好む有閑貴族には格好の娯楽だったのかもしれない。噂はどんどん広がり、使用人どころか王宮に出入りする商人の耳にまで届くほどになっていた。

「レオ、変な噂が流れてるって聞いたんだけど……」

当然、シエラにもレオナルドの耳にも入っている。

「あれはあくまで噂だ。おそらく真相を捻じ曲げるために意図的に流されたんだろう」

「誰の考えかわからないけど、間が悪いわね……あの男自身の策ではないわよね？」

シエラの心配をレオナルドはすぐに否定した。リツとの関係が曖昧なままの状態で、誤解を招くような噂を意図的にディーンハルトが流すとは思えない。

「違うだろう。殿下を陥れたい誰かの仕業だろうな。だが、思惑がわからないまま不用意に動くわけにもいかない」

「そうね……下手をうって、あの男はともかくリッちゃんに何かあったら……」

視線を落とす恋人の肩をレオナルドは安心させるようにそっと抱き寄せる。

「私かリアンがついて回っているから大丈夫だ。リツ様の耳に入れないようにリアンとも確認している」

「あんな噂を聞いたら、リッちゃんのことだからきっと思いつめてしまうわ」

シエラと同意見だった。

「意外と頑固で行動力がある方だからな……」

「いつもは大人しくてふわふわした子なのにね。とにかく何かあったら知らせて。なんでも協力するから」

「あぁ、そのときは遠慮せずに頼む」

レオナルドの言葉に安心したのか、シエラは大袈裟に肩をすくめて見せた。

「まったくあの男がさっさと告白していれば、こんな心配しなくて済んだのに」

「かばうわけじゃないけど、何か考えがあってのことだろう……多分」

強靭な精神力と秀でた頭脳を持つディーンハルトが何も手を打っていないと、レオナルドは思えなかった。まして、彼が強い執着を見せるリツとの関係に関わるのだ。

「どうだか。外堀を埋めてからとか、周りくどく絡め手で手に入れようとでも考えたんじゃないかしら？　政治じゃないんだから裏工作しないで正面から口説けばいいのよ」

レオナルドもシエラの言い分に深くうなずく。

「全面的に同感だ。まあ、あの人もあれでいて冷静ではないんだろう」

「そうね、あの年にして初恋だものね」

そう言い切るシエラにレオナルドは首を傾げた。

「そうなのか？」

「あれだけ執着を向ける相手がいれば噂になってるわよ」

シエラの言う通り、よくも悪くもディーンハルトの一挙手一投足は国中の者に見られている。もしも彼にそんな兆しがあれば、すぐに噂になるだろう。これまでそんな噂がなかったことを思えば、シエラの言う通りそういうことなのだ。

レオナルドは恋人の慧眼に感服しつつ、これから騒動が起こらないよう祈った。

数日後、レオナルドとシエラの心配は現実のものとなった。

「リッちゃんの耳に入ったって、どういうこと？」

「シャルだ。俺とリアンが席を外してる間に聞かせたみたいだ」

昼間のことを端的にシエラに話すと、信じられないと顔をしかめた。普段シャルとほとんど接点のないシエラには、その行動原理が想像できないでいるらしい。

「なんでそんなこと……」

「嫉妬だろう」

「は？　あの子はジークとできてるのよね？　それがどうしてリッちゃんに嫉妬するの？」

意味がわからないと首を横に振る恋人に、レオナルドは丁寧にシャルの置かれている立場を説明する。

「自分とあまり年が変わらないうえに、本来は貴族ではないリツ様が貴族の想い人と結ばれ、幸せになるのがおもしろくなかったんだろう。シャルは平民の男性だからジークの愛妾にすらなれない。ましてや、縁を結ぶことは……」

つまり結婚なり縁組なり正式に貴族と身内となる可能性が平民にはない。

一方リツは異世界から来た人間であること、建国に尽力したリオと黒髪黒目と似た要望であることからディーンハルトが本気で動けば、貴族籍を得ることは難しくはなかった。

「ディーンハルト様とリッちゃんが正式に縁を結べる可能性が高いけど、自分は貴族になることができないのにってこと？　それでリッちゃんが自分で出ていくよう仕向けたなんて……」

「だろうな……」

「うらやむ気持ちがわからないとはいえないけれど、そんなことをしたって自分の立場が悪くなるだけじゃない。裏切り者に優しくするほど甘い男じゃないわよ、ディーンハルト様は」

リツが来てから甘く優しい微笑みを浮かべることが多くなったディーンハルトだが、氷の宰相と揶揄されるのは伊達じゃない。優しいところももちろんあるが、リツには見せていない容赦なく裏切り者を断罪する厳しさも持つ男なのだ。

これまで国や王家に仇なしてきた者を断罪してきたが、溺愛するリツを傷つけたとすれば見逃すはずがない。

「リツ様が絡むと容赦はしないだろうな。シャルの行動は許しがたいが、そもそもの原因はジークにある。あいつは人の気持ちに疎(うと)いところがあるから、シャルがリツ様に嫉妬しているなんて思いもよらないんだろう」

「どうしようもないわね、ジークもシャルも。それからディーンハルト様とリッちゃんも。愛しているならちゃんと相手に気持ちをぶつけないと」

シエラの言うことはもっともだ。真正面から向き合い、求めなければ愛もそれに続く幸せも得ることはできない。それはレオナルド自身がシエラから身をもって教えられた教訓だ。

シエラはいつも厳しく同じほど優しく他者の心に寄り添う。恋人であるレオナルドがうらやましくなるほどに。

「そろそろシエラも俺に愛をぶつけてきてくれるか？」

「あなたもどうしようもない男のひとりよ」

レオナルドが少々拗ねていることを悟り、シエラは苦笑する。

「俺はいつだってシエラに気持ちを伝え続けているけど？」

「そうね、みんなレオを見習うべきだわ」

「だろう？」

機嫌をよくしたレオナルドはシエラの腰を抱き、誇らしげに胸を張った。

「こんなに強くて、かっこよくて賢くて、それ以上に優しい男はいないわ」

「シエラ？」

珍しいストレートな褒め言葉にレオナルドは困惑した。調子にのらないの、と叱られることはあっても手放しで褒められるのはいつ以来だろう。

うれしさと気味の悪さを同時に味わっているレオナルドにかまうことなく、シエラは続けた。

「あなたはディーンハルト様のことを強くて気高いって思っているみたいだけど、私から見たらレオのほうがずっといい男よ」

「……俺以上にシエラはいい男だけどな」

「わかってるじゃない」

にやりと笑う恋人に、敵わないなとレオナルドは力なく笑った。

「俺は幸せだよ、こんないい男の恋人で」

「当然でしょ。あなたはこれからもっと幸せになるの。それから私と一緒に周りのどうしようもない男たちがうまくいくよう手助けをしてあげましょう？」

「あぁ」

レオナルドがシエラと愛を交わしたように、ディーンハルトとリッツもうまくいくといい。彼らの幸せを心から願うシエラを悲しませないように自分にできる限りのことをしよう。

——だから頑張れるようにたくさん愛してくれ、シエラ。

第三章　魔物の終焉

王宮の中庭にはリオ様の魂が宿る秘密の空間がある。そこへ入れるのは、王家の血を引くものだけ。

それは『建国物語』の最終章に描かれた、おとぎ話のようなエピソードだった。王宮に出入りしている者でも、この話を事実だと信じてるものは少ない。

中庭に着くと、シエラはリッツに聞こえないよう小声で話しかける。レオナルドの意図がいまいちわからずにいたのだ。

「ちょっとレオ、もしかしてあの話を信じているの？」

「あぁ、あの話は事実だ。うちの実家に資料が残っていたし、ごく稀にだが陛下が人払いをしてここに来ることがあるからな」

国王の来訪の件はシエラも知っていたが、レオナルドのいう資料のことは初耳だった。

しかし、彼の家のことを思えば疑う余地はないだろう。建国から七百年、初代国王を恨み、王家を憎み続けた一族の屋敷だ。他家に残っていない記録くらいあってもおかしくはない。

「そうなのね。でも、リッちゃんは王家の血を引いていないんだから、入れるのかしら？」

シエラがもっとも気になっていたことを尋ねた。

「おそらくだが、リツ様をこの世界へ呼んだのはリオ様だろう」

「まさか……って、リッちゃん！」

レオナルドの発言にシエラが声をあげた瞬間。噴水を眺めていたリツが水の中へ手を伸ばすのを合図に、強い光が溢れ出した。

「リツ様！」

慌てて駆け寄ったが、リツの姿はどこにもない。光にさらわれるように消えてしまった。

「うそ……」

混乱するシエラをよそに、リツの護衛であり騎士団の副団長でもあるレオナルドは冷静に事態を分析する。

「魔力の残りがある……おそらくリオ様に呼ばれたんだろう。シエラ、ここを頼む。俺はディーンハルト様を呼んでくる」

リオに呼ばれたらしいリツを追いかけることができるのは、この世に三人しかいない。国王と王太子と、ディーンハルトだけ。

「わかったわ！」

シエラの返事を聞くことなく駆け出した背中に精一杯叫んだ。

レオナルドはディーンハルトの執務室へ飛びこむと、並んだ文官たちにかまわず彼に駆け寄った。

「失礼します。緊急事態です」

リツの護衛を任せているレオナルドが単独で執務室へ現れたことは、彼に関する緊急事態だと告げたも同然。

「すまない、少々席を外す」

ディーンハルトは射貫くようにレオナルドを見つめた直後、執務室へ集まっていた者たちにそう宣言する。そのまますぐに部屋を出て——執務室から聞こえる悲鳴に耳を貸すことなく——ディーンハルトは詳細をレオナルドに尋ねた。

「レオナルド、何があった」

「実は……」

レオナルドは道すがら、中庭で起こった出来事をディーンハルトに報告した。

「なるほど。そういうことであれば、おそらくリツは無事だろうが……あの方は少々厄介なところがあるからな」

ディーンハルトの口から思いがけない言葉を聞き、レオナルドは眉をひそめた。

「リオ様をご存じなのですか……？」

「まあな」

曖昧に返すディーンハルトに詳細を聞き出したくなったが、今はそんな場合じゃないと我に返り、レオナルドは中庭へ走り戻った。

中庭へ戻ると、今にも倒れそうな顔色でシエラが噴水の中を覗きこんでいる。水中を覗いたところで何もわからないが、心配でそうせざるを得なかったんだろう。

レオナルドは己の迂闊さに改めて後悔した。しかし、ディーンハルトは努めて冷静に起こったことを確認する。

「ここでリツの姿が消えたのか」

「ええ。何かを拾おうと噴水に手を入れた瞬間に姿が消えたの。多分、この宝石を落とし物だと思って拾おうとしたのね」

シエラの指の先には、ディーンハルトの瞳とよく似た宝石のルースが落ちていた。

「リツらしい。それなら、同じ方法を試してみよう」

躊躇いなく手を伸ばすディーンハルトをレオナルドは慌てて止めた。

「待ってください。どこへ繋がってるかわかりませんし、戻ってこれるかどうか……」

レオナルドの心配をディーンハルトは真っ直ぐな瞳で一笑する。

「リツのいない世界に未練はない。あの方の血が入ってることに今日ほど感謝したことはないな」

ディーンハルトの言葉は、王家の、国王の血が入っていることを肯定するものだった。誰に聞かれても否定し続けた王家との繋がりを、彼は今あっさりと認めたのだ。

「行ってくる」

驚くレオナルドとシエラにそう言い残し、ディーンハルトは宝石に手を伸ばした。その途端にまた光が溢れ出し、ディーンハルトをさらっていった。

噴水の前に残されたレオナルドは乾いた笑いをこぼす。

「ははっ……。あの人には一生敵わないな」

「あら、あなただって消えたのが私ならなんとしてでも、どういう手段を使ってでもきてくれるでしょう？」

「当たり前だ」

冗談めかして尋ねられた言葉にレオナルドは即答する。シエラのいない世界など考えられない。文字通り命懸けで後先考えずに飛びこんでいくと断言できる。

「異世界にいるというなら、そこがどんなところだろうと行くに決まっている。戻れなくなってもかまわない」

そう伝えると、少し恥ずかしそうにシエラは笑った。

「同じことよ」

シエラの笑みに肩の力が抜ける。

「……こんなことになるとは思わなかったんだ」

「ディーンハルト様のこと？」

「いやリツ様のことだ。何か起こるかもしれないと思ったが、まさか目の前から消えてしまうとは考えていなかった。隠し扉か階段が現れるものだと思っていたんだ」

実際『建国物語』の挿絵では噴水の下に階段が現れるように描かれていた。それを安易に信じてしまった自分の落ち度だろう。

「そうね、私もそんなふうに思いこんでたわ。もし扉が現れたらレオと私でリッちゃんを守ればいいかって。ふたりが戻ってきたら一緒に謝りましょう」

「そうだな……無事に帰ってきてくれるといいが」

レオナルドのこぼした弱音にシエラは首を横に振る。

「きっと大丈夫よ。リオ様とふたりを信じて待ちましょう」

「あぁ……」

ディーンハルトがリツを伴って戻ってきたのは、しばらくしてからのことだった。

恥ずかしそうにディーンハルトに抱きしめられながらも、元気そうなリツの姿にレオナルドは心底安堵し、改めてふたりに謝罪した。もっともリツのほうは謝罪の意味がわかっていないようだったが。

中庭に戻ってきたのち、部屋へ戻るよう進言したレオナルドに断りを入れたのはリツだった。ディーンハルトに仕事に戻るよう促し、自身もパンを作りに戻ると宣言したのだ。

騎士団詰所までの道すがら、リツは中庭から姿を消してから戻るまでのことをレオナルドとシエラに話してくれた。話の最後にリツは、そういえばと首を傾げる。

「……この国に強大な魔物ってまだいるんですか」

リツの言葉に、レオナルドはシエラと無言で顔を見合わせた。

「え？　どうして？」

動揺を抑えながら聞き返したのはシエラだった。

「地下でそろそろ帰るってときに、『牙（きば）のとれた魔物が心配してる』って莉緒さんに言われたんですよ」

リツの言葉にレオナルドの心臓はドクンと強く脈打った。

「リオ様がそんなことを……」

七百年、国を見守ってきたリオがレオナルドの家の事情を知らないとは思えない。きっとこれはレオナルドへ向けた言葉なのだろう。

牙（きば）のとれた魔物。つまり国へ害をなさない存在とリオに認められたということか。

レオナルドは複雑な想いを胸に秘める。

牙（きば）のとれた魔物は死んだも同然。建国以来、くすぶりながらも延々と続いてきた魔物の一族——その末裔は自身に魔物の血が受け継がれているという自覚を持ち、自分を最後にこの血を絶やそうと生きてきた。今更考えを変えるつもりも後継を残すつもりもないが、自分の死を迎えるより早く魔物は終焉を迎えたことに喜びよりも戸惑いが心を占める。

そんなレオナルドの手を取りながら、穏やかな顔でシエラはリツの問いに答えた。

「大丈夫よ、リッちゃん。この国に、この世界にもうあの魔物はいないわ」

「そうなんですね。じゃあ、やっぱり莉緒さんなりの表現だったのかな？　よくわからないけど、魔物がいないなら大丈夫ですね」

リツはいつものふわっとした笑みを浮かべた。シエラはその顔に微笑みを返す。

「さて、私もそろそろ医務室に戻るわ」

「シエラさん、ありがとうございました」

「いいのよ。結局お家問題は解決しなかったけど、今夜ディーンハルト様とよく話し合ってね」

「はい……」

励ましにリッツは不安そうな笑みを浮かべた。

「リッちゃん、大丈夫」

シエラはリッツを安心させるように頭をなでて、さらに続ける。

「……本当に行くあてがなければ、うちの実家へ連れてってあげるわ！」

「シエラの実家はとても賑やかですよ」

シエラの言葉に便乗するようにレオナルドも声をかける。

「一番上の姉さんが家を継いでるんだけど、リアンと同じくらいの子どもがいるから楽しいわよ」

その言葉にやっと安心したのか、リッツはふたりに微笑んで見せた。

「そのときはお願いします」

「任せて」

そう告げて去っていくシエラの姿をリッツとレオナルドは見送った。

それからパンを焼いたりお菓子を作ったりといつも通りの業務をこなし、最後にディーンハルトの元へ改めて謝罪に行くと「むしろ心配をかけてすまなかった」と謝られた。

そうしてレオナルドがシエラの元へ帰ったのは、いつもより遅い時間だった。

「ただいま」

「おかえりなさい」

出迎えてくれたシエラはすでに夜着を羽織っていた。

「今日はお疲れ様だったわね」

ねぎらう言葉とともにレオナルドの夜着が渡され、洗浄魔法がかけられた。シャワーを浴びる気力もないだろうというシエラの配慮にレオナルドは素直に甘える。

シエラに手伝ってもらいながら夜着に着替えると、ベッドまで手を引かれていく。

「今夜はもう寝ましょう」

シエラの誘いに応じかけたが、ひとつ大事なものを預かっていることを思い出した。

「そうだな、大人しく寝るよ。そうだ、これリッツ様からシエラに」

「あら、かわいい。花の形のクッキーね」

心配をかけてしまったお詫びに、とリッツから渡されたのは食べるのがもったいなくなるほどかわいらしい花を象ったクッキーだった。シエラは大事そうにカバンの中へしまう。

「明日のお茶の時間にいただくわ。リッちゃんにお礼を伝えておいて」

「わかった」

「あ、でも。明日はリッちゃん、一日ベッドの上かしら」

別れ際に言い残したディーンハルトの言葉を思い出したらしいシエラが、明日のリッツを心配してため息をついた。

「かもしれないな」

消えたリツを取り戻したディーンハルトが何もせずに大人しく休むとは、レオナルドも思えなかった。先ほど会った顔は覚悟を決めたようにも見えた。

ディーンハルトに想いを告げられれば、リツはそのすべてを受け入れるだろう。

きっと明日の護衛は必要ない。それならいっそ自分も、と思いかけたところで恋人に釘を刺された。

「私たちは大人しく寝ましょうね？」

「あぁ、わかってる」

先にベッドで寝そべっていた恋人の隣へ潜りこみ、肌に馴染んだ体温を抱き寄せる。

「おやすみ、シエラ……」

「おやすみ」

柔らかい声を聞きながら、レオナルドの意識は落ちていった。


レオナルドは真っ白な空間で目を覚ましたが、これが夢であることはすぐにわかった。

目の前に現実では絶対に出会えない人物が立っていたからだ。

「こんばんは、レオナルド」

「……あなたは、まさか」

「リオ・グラッツェリア。って、今日は名乗ってばかりだわ」

にっこりと自分に笑いかける姿は、肖像画で見るより若々しかった。

「本人なのですか」

疑っているというより、信じきれずにレオナルドが尋ねると、リオは曖昧に笑って見せた。

「どう思ってもいいけど、本人よ。リツくんから聞いてない？」

「おおよそのことは聞きましたが、王家の直系でもないのに私のもとにどうして来られたんですか？」

当然の疑問だった。

レオナルドに流れているのは魔物の血。遡れば前王国の王家の血筋だが、現状は世界を恐怖に陥れた強大な魔物の血が流れている。

それは目の前のリオが一番よくわかっていることだろう。

警戒するレオナルドにリオはあっけらかんと笑って頭を下げた。

「お礼を言いに来たの。これまでディーンハルトとリツくんを助けてくれてありがとう。レオナルドとシエラがいなかったら、きっとふたりはうまくいかなかったと思うわ」

思いがけないねぎらいの言葉に、レオナルドは慌てて首を横に振った。

「私たちは何も」

「あの子たちって恋愛事にとても不器用でしょう？　それをわかって手助けをしてくれたあなたたちがいたからこそふたりは結ばれたのよ」

リオから告げられた言葉に予想していたこととはいえ、安堵し肩の力が抜けた。

「やっぱり、おふたりは」

「そうね、気持ちを伝え合ったみたいよ。そこから先はさすがに遠慮したわ。……ディーンハルトって本当にトレイスにそっくりなんだもの」

「それは、気まずいですね……」

愛した男と瓜ふたつの子孫の情事を覗くのは、別人だとわかっていても気持ちのいいものじゃないだろう。レオナルドが同意すると、リオは柔らかい笑みを浮かべた。

「あなたはあの男に見た目は似ているのに中身は全然違うのね」

「あの男というのは……」

「あなたたちがいうところの、強大な魔物よ。どんな男だったか知りたい？　知っていることならなんでも答えるわよ」

「いいえ。『建国史』は一言一句覚えてますから」

レオナルドは首を横に振った。

リオが自分のことを牙のとれた魔物だと言っていたとリツから教えてもらったとき、本当の意味で伝え続けられる『建国史』を受け入れることができた。自分も、そして代々の先祖もいい加減受け入れるときがきたのだと悟った。

あれはやっぱり正史なのだと。

先祖はたしかに魔物だった。人々に牙を剥き、目の前にいるリオと初代国王に討伐されたまごうことなき、魔物だったのだ。

しかし、その呪われた血も自分で最後。

「魔物の血は私が死ねば絶えます」

そう告げると、リオはわずかに目を見開きうなずく。

「……そう。あなたがそれでいいなら何も言わないわ。じゃあ私はこれで。シエラにもよろしく伝えてね！」

明るい声にたしかに承る。

「とても光栄だと驚くと思います」

「シエラといつまでもお幸せに」

遠い祖先の仇であり、一族が業を負うことになった因縁の張本人であるリオに幸せを願われる日が来るとは思わなかった。そして、その想いを素直に受け入れることも。

「ありがとうございます」

礼を言うと、ふふっと笑ってリオは消えていった。

早くシエラと話がしたい。全部終わったのだと。浮上する意識の中で、そうレオナルドは思った。

目を覚ました魔物の末裔だった男は腕の中で眠る恋人に口づけた。

ハッピーエンドのその先へ ー
ファンタジックなボーイズラブ小説レーベル

&arche NOVELS

アンダルシュノベルズ

切っても切れない
永遠の絆！

白家の冷酷若様に転生してしまった1～2

夜乃すてら／著

鈴倉温／イラスト

ある日、白家の総領息子・白碧玉は、自分が小説の悪役で、さんざん嫉妬し虐めていた義弟・白天祐にむごたらしく殺される運命にあることに気付いてしまう。このままではいけないと、天祐との仲を修繕しようと考えたものの、元来のクールな性格のせいであまりうまくいっていない。仕方なく、せめて「公平」な人物でいようと最低限の世話をしているうちに、なぜか天祐に必要以上に好かれはじめた！　なんと天祐の気持ちには、「兄弟愛」以上の熱がこもっているようで——!?

詳しくは公式サイトにてご確認ください。
https://andarche.alphapolis.co.jp

異世界BLサイト“アンダルシュ”

新刊、既刊情報、投稿漫画、ツイッターなど、BL情報が満載！

この作品に対する皆様のご意見・ご感想をお待ちしております。

おハガキ・お手紙は以下の宛先にお送りください。

【宛先】

〒150-6008 東京都渋谷区恵比寿4-20-3 恵比寿ｶﾞｰﾃﾞﾝﾌﾟﾚｲｽﾀﾜｰ 8F
（株）アルファポリス　書籍感想係

メールフォームでのご意見・ご感想は右のＱＲコードから、
あるいは以下のワードで検索をかけてください。

アルファポリス　書籍の感想

ご感想はこちらから

本書は、「アルファポリス」（https://www.alphapolis.co.jp/）に掲載されていたものを
改稿、加筆のうえ、書籍化したものです。

異世界に来たのでお兄ちゃんは働き過ぎな宰相様を癒したいと思います

猫屋町（ねこやまち）

2023年 7月 20日初版発行

編集－境田 陽・森 順子
編集長－倉持真理
発行者－梶本雄介
発行所－株式会社アルファポリス
〒150-6008 東京都渋谷区恵比寿4-20-3 恵比寿ｶﾞｰﾃﾞﾝﾌﾟﾚｲｽﾀﾜｰ8F
TEL 03-6277-1601（営業） 03-6277-1602（編集）
URL https://www.alphapolis.co.jp/
発売元－株式会社星雲社（共同出版社・流通責任出版社）
〒112-0005 東京都文京区水道1-3-30
TEL 03-3868-3275
装丁・本文イラスト－兼守美行
装丁デザイン－百足屋ユウコ＋タドコロユイ（ムシカゴグラフィクス）
（レーベルフォーマットデザイン―円と球）
印刷－中央精版印刷株式会社

価格はカバーに表示されてあります。

落丁乱丁の場合はアルファポリスまでご連絡ください。

送料は小社負担でお取り替えします。


ISBN978-4-434-32294-5 C0093